愛内なの
イラスト：鎖ノム
アラサー店長と学生バイトの秘密体験
～スキ見せ優等生の処女を貰ったらなつかれました～
JN105096
ぷちぱら文庫
creative
Paradigm

プロローグ 歪んだ関係

「そ、そんなにじろじろ見ないでくださいっ……！」

服を脱ぎ下着姿になった美少女が、俺の視線を受けて、恥ずかしそうにもじもじと身体を隠すようにする。

恥ずかしがっているのも、見られたくないと思っているのも本心だろう。

だが抵抗は少し身体を揺する程度であり、服を着直したり、この場から逃げたりはしない。彼女はもう、俺には逆らえないからだ。

山城莉子。

つややかで長い黒髪に、優しげで整った顔立ち。

控えめでおとなしいタイプの美人である彼女は、大和撫子の理想形みたいな美少女だ。

その見た目通り、性格も真面目な優等生タイプ。

積極性にはやや欠けるため目立つタイプではないが、受けるアプローチ以上に、多くの男子から好かれているタイプの美少女だろう。

そしてそんな控えめでおとなしい彼女の中で、唯一、強い存在感を主張しまくる大きなおっぱい。

ブラジャーが、そのたわわな果実を重そうに支えている。

深い谷間と、柔らかそうな上乳。

彼女が動くたびに揺れるその胸に、男ならずとも目を奪われることは間違いない。

そんな極上の美少女が俺の前で下着姿になり、逃げもせず恥じらっていた。

「て、店長……」

俺の熱い視線を受けて、彼女は羞恥に顔を染める。

店長、と呼ばれたとおり、俺――狩野哲（かのうあきら）――は彼女のバイト先である、ちょっとおしゃれなチェーンカフェの店長だ。

一回り以上年上で、彼女から見ればおじさんだろう。

当然、イケメンという訳ではないし、何か異性を引きつけるような、すごい特技を持っているわけでもない。

店長と言ってもチェーン店だし、ただの社員だ。

根強いファンの多いチェーンだし、経営は一応安定しているようで、このご時世にしてはまあまあいい感じの立場ではあるものの、そのくらいしか取り柄のない、さえないおじさんである。

本来なら、莉子のような爆乳美少女の、清楚なデザインなのがかえって扇情的なその下着姿を見せてもらえるような男では決してない。

けれど、彼女はささいなきっかけから俺に弱みを握られ、今ではこうして、嫌々ながらもその魅惑的な身体を差し出す関係になっていた。

本来なら手が届くはずもない高嶺の花。

それを好きにできるとなれば、興奮しないはずがない。

「それじゃ、下着も脱いでもらおうか」

俺が言うと、彼女は一瞬だけ身を固くしたものの、素直にうなずいた。

「うぅ……わかりました……」

そして手を背中へと回し、ブラのホックを外していく。

ぱちんっ、と音がするのと同時にブラのカップが浮き、その爆乳が解放される。

決して盛っているわけではない。むしろ、目立ちすぎるおっぱいを隠そうとしているような大人しいブラだ。

そんな下着を外すと、柔らかそうに揺れるおっぱいがより大きく感じられた。

真面目で清楚なイメージの通り、普段は首元までしっかりとボタンを締めている彼女だから、その柔肉の露出はとても貴重だ。

街で、店で、おそらく学校でも。男たちが惹かれて目を奪われるその爆乳は、彼らの期待とは裏腹に、ほとんど誰の視線にもさらされることはない。

しかし今、白くなめらかな肌と、希望がぎっしりと詰まったおっぱいが、俺の目の前にさらされているのだ。

「うっ……店長……」

彼女は熱い視線に耐えかねて、胸を手で隠してしまおうとする。

そんな恥じらいも可愛らしくてそそるが、それでもなお、絶対に隠させないというのが興奮する。いや、むしろもっと見てみたくなった。

「莉子、早く脱いで、全裸になるんだ」

「うぅっ……ヘンタイですっ……！」

彼女は半ば涙目で、キッと俺をにらみつける。

しかし相変わらず、迫力なんてものはない。

俺に身体を開くときにはまだ、脅されているという状況を認めきれないのか、こうしてにらんでくることがある。

けれどそんなものは、むしろ自分の無力さを強調するだけであり、俺を興奮させる材料でしかない。

絶対に手の届かない美少女を、無理矢理、好きにしている。

それをあらためて実感できるのは、すごく気分がいい瞬間だ。

そんな彼女だが、このあとは結局は快感に流され、快楽に溺れてしまうのだということを想像すると、ますます滾ってくる。

「うっ……」

そんな状況で勃たないはずがなく、俺のそこはもう、ズボン越しでもはっきりとわかるほどギンギンだった。

目の前でストリップをしている最高の美少女。

それをこれから抱けるのだから、たまらない。

激しく勃起してしまうのも、当然だろう。

そんな股間を目にして、莉子が複雑な表情をする。

彼女の視線は、俺の股間から離れない。

これから、自分を半ば無理矢理に貫くものなのだ。

これまでにも何度も挿入され、彼女にとっては屈辱だったことだろう。

けれど俺には、身体を重ねるうちに、彼女が確実に気持ちよくなっているのも伝わってきていた。

自らの身体をむさぼる恐怖の象徴であると同時に、快楽を教え込んでくる肉バイブでもある。

そんな愛憎混じりの視線を俺の股間へと向けながら、彼女は言われるまま、ショーツを下ろしていった。

「あぅ……んっ……」

恥ずかしそうに、小さく声をあげる莉子。

するすると下着が下ろされていき、その秘められた花園があらわになる。

生まれたままの姿になった美少女は、神々しくさえあった。

それは清らかな絵画や彫刻のようであって、同時にものすごく獣欲をそそる淫靡な姿でもある。

「それじゃ、ベッドに四つん這いになってもらおうか」

「四つん這い、ですか」

「ああ。しっかりとお尻をあげて、おまんこが見えるようにな」

「っ……最低ですっ！」

俺の卑猥な要求に、彼女は罵声を浴びせてくる。

けれどもちろん、その可愛らしくも少し震えた声では、今度もまた、俺の興奮を助長するだけだった。

それに、なんと言おうと、彼女は俺には逆らえないのだ。

最低だとこちらを罵りながらも、言われるままにベッドへと上がり、四つん這いになっていく。

その姿は俺の嗜虐心をくすぐった。

たまらなくなって俺はベッドへと上がり、彼女の後ろ側へと向かう。

そして、突き出されたお尻を撫でながら言った。

「すべすべでいいお尻だな。それに、大事なところが丸見えだ」

そう言いながら、彼女の割れ目へと指を這わせる。

「んぁっ……！」

反射的に足を閉じようとした彼女だったが、もちろんそんなことはさせない。

俺はそのまま、指でおまんこをいじっていく。

「うぅっ……ん、あぁ……」

割れ目を撫で、その陰唇を押し開く。

きれいな色をした内側が見え、その襞(ひだ)が小さく震えているのがわかった。

「うぁ、んんっ……」

そこを丁寧に触れていると、だんだんと水気が増してくる。

「莉子、濡れてきてるな」

「そんな、んぁ……」

彼女は否定しようとするものの、反応までは隠せない。

愛液がこぼれ、ちゅくちゅくと卑猥な音がしてくる。

「あっ……ん、くぅっ……」

なるべく反応しないようにしている様子の莉子だが、感じてきてしまっているのは明らかだった。

俺はそのまま、彼女のおまんこをいじっていく。

「んぁっ、う、んぅっ……」

膣道に指を忍ばせてくちゅくちゅといじっていると、莉子が身もだえていく。

だんだんと愛液が溢れてきて、俺の指をふやかしていった。

「ほら、どんどん蜜が溢れてきてるぞ」

「それは、んぁ……店長がいやらしく触るから……」

そう言って言葉では抵抗するものの、身体のほうは正直で、どんどん男のペニスを受け入れる準備を進めていた。

むしろ、すぐにでも挿れてほしいと言っているかのように潤っている。

俺は肉棒を彼女の入り口へとあてがう。

「んぅっ、あぁ……」

彼女もそれがわかって、わずかに声をあげる。

最初は嫌悪や恐怖のほうが大きかっただろうが、今の彼女はすっかり快楽を覚え、そこに取り込まれかけている。

そんな初々しい彼女のおまんこに、遠慮なく肉棒を挿入した。

「んぁ、ああっ♥」

侵入してくる肉竿に、耐えきれず甘い声をあげる。

膣襞が肉棒を歓迎し、すぐに絡みついてきた。

「ふぁ、あ、あぁ……」

ゆっくりとピストンを始めると、彼女が嬌声をあげていく。

その心地いい声を聞きながら、俺は腰を動かしていった。

「あふっ、ん、あぁっ……」

「ほら、もうすっかり喜ぶようになってる……」

俺が声をかけると、四つん這いの彼女は首を横に振った。

「いやぁっ♥　違っ……そんなこと、んうぅっ♥」

そのむっちりとしたお尻を掴み、後ろから彼女を犯していく。

完全に肉棒を受け入れていて、快楽に声を漏らす莉子の姿はとてもエロい。

「あっ♥　やっ、ん、くぅっ……！」

彼女が感じていくのに合わせて、膣襞が嬉しそうに絡みついてくる。

「ぐっ、そんなに咥えこんできて……すっかり肉棒の虜だな」

「違いますっ……！　私は、んっ♥　脅されて、あ、あぁっ♥」

快感に流され、反論もとぎれとぎれだ。彼女はもう快楽に堕ちてしまっている。

高嶺の花だった彼女が、四つん這いで身体を差し出して、快感にいやらしく乱れているのだ。

「そうか。じゃあ虜になるくらい、激しくしないとな！」

「んくぅっ♥　んぁ、おぅっ……やめ、激しっ、んぁ♥　ああぁぁぁっ！」

さらに勢いよく腰を振ってやると、莉子は嬌声を響かせていくのだった。

その声が俺を鼓舞するように興奮させ、腰の動きを速くさせていく。

「んぁ、ああっ♥　だめ、店長、んあぁっ……！」

蠢動する膣襞が肉棒を締め上げてくる。

その締めつけに俺の射精欲も高まっていき、さらに荒々しく腰を振っていった。

「んはっ♥　あっ、ん、くぅっ！　あ、あぁ……」

お尻をしっかりとつかんで、腰を打ちつけていく。

美少女を動物のように犯すゆがんだ悦楽が、俺の心を満たしていった。

本来なら手の届かない高嶺の花を好きにしている優越感。

「あふっ、ん、あぁっ、んあぁっ♥」

最初は嫌々だった彼女が、今はこうしてチンポに突かれて喘いでいる。

「すっかり喜んで、感じてるな」

「そんなこと、ないですっ……ん、あぅっ……」

必死に否定するものの、その声からは気持ちよさがにじみ出てしまっている。

彼女は俺の肉棒に突かれ、よがっているのだ。

欲望の赴くままに、俺専用となった蜜壺を往復していく。

「あ、んんぁ、だめ、んぅっ……♥」

艶を帯びた彼女の声を聞きながら、おまんこをかき回していく。

「くっ、そろそろ出そうだ……」

「いやぁっ……だめ、んぁ、あぁっ♥　んぅっ……！」

彼女は首を横にふるものの、決して逃げようとはしない。

始める前はあんなに嫌そうだったのに、予想どおり今はもう、快楽によって逃げられなくなっている。莉子はほんとうに、快楽に弱い美少女だった。

何度も重ねたセックスは確実に彼女を淫乱体質に開発していき、着実に俺のチンポの虜にしているのだ。

「あふっ、ん、ああっ♥　だめ、んぁ、ああっ、あぁっ！」

呼吸が荒くなり、喘ぎ声も切羽詰まったものになっていく。

そんなふうに高まる彼女を感じながら、俺にも限界が近づいていた。

「あぁっ♥　ん、あう、もう、んぁ、あっあっ♥　う、くぅっつ……！　だめっ、ん、ああぁっ！」

嬌声をあげて乱れる彼女の腰を押さえ込み、後ろから犯し尽くしていく。

「ぐっ、俺ももうっ……」

締まりのいいおまんこに存分に求められて、精液が上ってくるのを感じた。

俺は膣襞をぞりぞりとこすりあげて、その奥へと肉棒を届かせていく。

「んはっ、あっ、あぁっ……だめ、イっちゃ、んぁっ！　あっ、くぅっ、ふ、あぁっ、んはぁぁぁぁっ！」

びくんと身体をのけぞらせながら、彼女が絶頂した。

膣内がぎゅっと締まり、精液を搾り取ろうと蠢いている。

「うっ、出るっ！」

びゅるっ、びゅるるるるっるっ！

その絶頂締めつけに耐えきれず、俺は彼女の膣内で思いきり射精した。

「ひうぅっ！　あっ、あぁ……出てる……あぅっ……私の中に、あぁ……熱いの、いっぱい出てるっ……」

今日もまた無責任中出しをされた彼女は、困惑と、それでも隠しきれない快楽をにじませた声を漏らしていた。

俺は収縮を繰り返す膣内にしっかりと精液を吐き出してから、肉棒を引き抜いた。

「う、あぁ……」

先ほどまでかき回されていたおまんこから、どろりと精液の一部がたれてくる。

俺たちの混じり合った体液が溢れ、彼女の内腿を伝っていた。

抜かれた直後で閉じきらない膣口から精液がこぼれている姿は、とてもエロいものだ。

それが普段は清楚でおとなしい美少女となれば、なおのこと……。

「う、あぁ……」

快楽の余韻でベッドへと突っ伏す彼女を眺めながら、俺の心は満たされていく。

そしてぼんやりと、彼女との関係が始まったときのことを思い出していくのだった。

第一章　美少女への賭に出て

夕方の店内はいつも通り、若者たちの賑やかな声で満ちている。

時間によって客層ががらりと変わるのがこの店の特徴で、そのおかげで賑わっているのだった。

本格的な店には当然及ばないが、なんとなくおしゃれ風で若者向けなので、わりと人気がある。

だがどれほど賑わっても、店長として誇らしい——ということは特になかった。

お手軽なおしゃれ感が売りとはいえ、この店は結局は、あちこちにあるありふれたチェーンのカフェだ。

コンセプトなどは元々決まっていたものだし、店内のことも本部の人間が口出しをしてきて決まることが多い。

店長というとトップのようではあるが、実際はバイトをまとめたり、在庫の管理をしたりといった仕事が主だった。

責任者として店を好きにする、なんてことはできない。

その辺は、しがない雇われ店長というわけだ。

本部からはノルマや要請が来るし、バイトや新人社員に対してはご機嫌取りをする。

中間管理職として、どちらからもぐいぐい仕事を押しつけられてしまうような立場だ。

そんな俺は、今日も裏の事務室で様々な書類仕事に追われている。

一日で一番賑やかな時間ともなると、店内の喧噪がこちらにも届いていた。

機嫌がよければ、お客たちのその若さ、元気さを穏やかな気持ちで受け止められる。

逆に機嫌が悪いと、騒音としか感じられなくなる。

接客業の人間としてどうかとは自分でも思うが、元々目指していたわけでもない仕事に日々追われている、疲れたおじさんのこれが現実だった。

ここ最近忙しくて疲れの溜まっている俺は、淀んだ思考を振り切れないまま作業を進めていく。

しばらくしてやっと仕事に区切りをつけると、軽く店内を覗くことにした。

若いバイトの子たちが、接客や商品提供を行っている。

唯一の救いは、比較的人気のチェーンであるため、バイト募集もそれなりに簡単だということだった。

当然、ノリが軽すぎるなどの問題のありそうな子も応募してくるわけだが、希望者が多いため、ちゃんと働いてくれそうな子を選んで雇えるのだ。

まあ、当然、見る目がなくて外すこともあるのだが、その場合でもまた募集を始めればすぐに人が来てくれる。

元気に働く若者たちは、眩(まぶ)しく感じるものだ。

その中でも、いつも俺の目をひときわ惹くのが、山城莉子という少女だった。

艶やかな黒髪で、清楚そうな美少女だ。

比較的派手めな、リア充タイプ多めなアルバイトたちの中で、おとなしいタイプだというのも俺が惹かれる一因だった。

少し積極性にはかけるものの、その分真面目に働いてくれている。

ぐいぐい来るようなギャル系の子よりも、俺としては接しやすい。

それに――。

「こちらで少々お待ち下さい」

会計後、持ち帰りの商品待ちのスペースに客を案内する彼女の澄んだ声。

そして動きに合わせて揺れる大きなおっぱい。

おとなしい彼女自身とは違い、その胸はとても主張が激しいのだった。

男なら、どうしても目を奪われてしまうような爆乳だ。

たっぷりと夢やロマンの詰まったおっぱいは、服の上からでもものすごい存在感を放っている。

あの胸に顔を埋めたい、好きにしたい、と思ってしまうのだった。

まあ、もちろんそんなもの、ただの妄想でしかないのだが。

一回り以上も歳の離れた、まだ十代の美少女をどうこうできるのなんて、一部のモテるおじさんだけだ。

金なり何なりでリスクを背負えば援助交際みたいなことをできるのかもしれないが、実際に行動を起こすのは難しい。

俺のような平凡なおじさんは、せいぜい妄想の中でエロいことをするくらいなのだ。

それでも、ぼんやりと彼女を目で追っていると、欲望が膨らんでしまう。

いつまでもそうしているわけにはいかないので、再び裏の事務所に戻ると、そちら側のインターホンが鳴った。

確認すると、警察官だった。

ふたり組の警察官が、ぼんやりとカメラを見上げている。

近くで、何かあったのだろうか？

そう思いながら、俺は裏口のほうへ出て対応した。

「こんにちは。少々お時間よろしいですか？」

「ええ、どうぞ」

一般的には、警察官が急に尋ねてくればびっくりするだろうが、こういう店をやっていると、そこまでびびるようなことではなかった。

幸いというべきか、うちの客層には危ない客はいない。しかし、店舗というのはどうしたってトラブルが起きがちだし、そんなときは警察のお世話になることもある。

うちのメニューにもお酒を使ったものがあるため、それがらみの問題が起こることもあった。

そう言う意味では、居酒屋などはもっと大変なんだろうな。

そんなことを思いながら、警察官の話を聞いていく。

なんでも、付近の高校生が飲酒で問題を起こしたため、販売にはより一層の注意をするようお願いします、ということだった。

うちの店は本部からの指示でしっかりと、本人に二十歳以上だというボタンを押してもらい年齢確認をしている。

それでも、本当に学生ではないかの確認を徹底するのは事実上不可能なので、そこまで重い話ではない。

つまりは、形式的にでも引き締めてほしい、という話だ。

しかし、わざわざ店まで来たのは、それだけではなかったようだ。

問題を起こした高校生たちが飲んでいた酒の一部が、この店で注文されたものらしい、という話をされたからだ。

俺もひとまずは神妙な顔で答え、従業員にも再度徹底するよう促すと約束する
とりあえずは、そこで話は終わった。

警察に言われた以上は、上にも報告しなければいけないかもしれない。

一応、件の高校生に酒を販売したのが事実なのかをチェックしておく必要がある。

警察の話から購入時間がほぼ分かっていたので、カメラのチャックを行うのは簡単だった。店内カメラの映像を見ると、その学生らしき少年たちをすぐに発見することができた。

当然私服だが、聞いていた特徴とも合う。

彼らの対応をしていたのは……山城さんだった。

おとなしくて押しに弱い彼女は、明らかに未成年だということで一応断ろうとしたようだが、押し切られてタッチパネルを表示させられ、認証後に販売していた。

「ふむ……」

本人が二十歳以上だと主張しているだろうし、欺いた側に責任があり、ルール上彼女が悪いということはない。

が、未成年だと薄々感づいていた上で販売しているので、まったく悪くないかというと難しいところだろう。その場で俺を呼ぶという手もあったはずだ。

警察側としては、うちの店だけで酒を買ったわけではないようだし、実際になにか摘発

しようとかそういう感じではなかった。

あくまでお互いに、気をつけている、指導しているという姿勢を見せておきましょうね、くらいの感じだ。

だがしかし……。

おとなしく、押しに弱い彼女。その映像の姿に、日ごろの妄想が急激に膨らんでしまう。

これはもしかして、深刻な空気を作れば……という期待が鎌首をもたげる。

普段ならもう少し慎重なのだが、だいぶ疲れが溜まっている今は半ばやけっぱちな部分もあり、理性より欲望のほうが膨らんでいるようだ。

どうにでもなれ、というような気持ちで、彼女に獣欲をぶつけたくなる。

警察が来たことは、店員たちも気付いている。強い警告があったと伝え、しかも販売したのが彼女だということに繋げれば……これはチャンスでしかない。

そんな計画が頭を支配し始める。

俺はさっそく、まずは地盤固めをすることに決めた。

警察からの指導だということで、全員の耳に入るよう朝礼夕礼で、確認を徹底することを話すのがいいだろう。

俺はすぐに、その日の夕礼でも話をした。

その際に、山城さんの顔色が変わったのを見て、俺をいけると確信を抱いた。

そして俺は、他のアルバイトには気付かれないようにこっそり、裏の事務室に彼女を呼び出した。

休憩室や更衣室があるバックヤードのさらに奥であり、様々な書類などもあるため、普段は店長の俺しか入れないことになっている部屋だ。

店長室、とでもいえば聞こえはいいが、そんな大層なものではない。

そこに呼び出された彼女は、タイミング的にも例の件だとわかっているようで、ちょっとおどおどとしていた。

そんな彼女も、とても可愛らしい。

いつもより不安げな顔の山城さんは、俺の欲望を刺激した。

俺はチラリと、部屋に仕掛けたカメラの動作を確認してから、話を持ちかける。

「さっき夕礼で話した、学生さんにお酒を売ったことなんだけど……」

「はい……」

彼女は小さな声で頷いた。

「警察のほうからも、気をつけてほしいと言われてね……」

「……はい」

深刻そうな俺の様子に、彼女もまずいと思っているようだった。

「未成年に売ってしまうと、売った側が罰せられるんだ」

これは本当のことだが、そのためにタッチパネルでの認証があるのである。

本来は逐一身分証で確認するのが正しいのだろうが、それだと効率も悪く、現実的ではない。そのため、本人に意思表示をしてもらいOKとなるのが実際のところだ。

だが今は、そんなことは飛ばしておく。

「それでね、山城さん……。レジ前のカメラの記録を見たんだけど、彼らが未成年だと薄々わかっていても、売ってしまったよね？」

「……はい」

消え入るような声で、彼女は頷いた。

そこに、俺はたたみ掛ける。

「それだと、やっぱりまずいんだよ。見た目ではわからないとか、偽造した何かを提示されたとかなら仕方ないけれど、未成年だってわかった上で売っちゃったから。これが警察知られると……ね」

「あ、あの……どうすればいいでしょうか……？」

彼女は不安そうに、俺を見てきた。

俺はその後もしばらく、彼女の不安を煽るように、話を進めていった。

そして、これが大事だというのを十分に印象づけていくと、彼女の表情はどんどん不安を増していった。

普段から真面目でおとなしく、その印象通りに問題など起こしたことがない無垢な子なのだろう。

だからこそ突然降って湧いた警察沙汰に、彼女は混乱して怯えてしまっている。

店に来た警官たちが、見た目もごつくて複数人だったのも、俺には好都合だったようだな。これはいけそうだ。

俺はそこで、彼女が売った証拠が店内のカメラ映像だけであることをアピールして、話を続ける。

「そうだな、なんとかしてみるよ。ちょっと危険かもしれないけど、山城さんも捕まりたくはないよね」

「はい……」

真面目で優等生といっても、彼女はまだ若い。

法律や飲食業のルールについて詳しくはないだろうし、根がいい子だからこそ、大人の言うことなら信じてしまう部分もあるのだろう。

捕まるかもしれない、とすっかり信じてしまった彼女に、俺は続ける。

「このカメラの映像さえ、紛失してしまったことにすれば、山城さんがわかった上で売ってしまった証拠はなくなる」

「あ、じゃあ……」

「でも、店内カメラの映像を消しちゃうことになるからね。電源を切ってたとなるとそれはそれで問題だし、映像を紛失したとなれば本部の目もあるし……」

「ああ……あの、どうすれば……」

上目遣いで不安げに尋ねてくる彼女は、とても魅力的だ。

こんな美少女に縋られると、それだけで俺はゾクゾクしてしまう。

「そうだな……」

そこで俺は覚悟を決めて、欲望のままに切り出した。

「山城さんが俺を楽しませてくれたら、やってもいいよ」

「楽しませる、ですか……？」

彼女はよくわからない、というふうに聞き返してきた。

俺はそんな彼女の身体を、制服越しに眺める。

はち切れそうな大きな胸。

腰のくびれに、ミニスカートからのびる絶対領域。

ニーハイソックスに包まれた細い足。

どこをとっても魅力的な女の子だ。男なら放ってはおかないだろう。

今は清楚で大人しい彼女も、もう少しすれば大学の飲みサーなどに入ってチャラ男にやられ、乱れてしまうのかもしれない。

そう思うと、今俺が手を出してしまってもいいじゃないか、という気がしてくる。

「ああ。そうだよ。まずは、服をはだけさせて、さ」

「えぇっ！」

彼女は俺の提案に、引いたような声を出す。

いや、実際に引いているのだろう。こんな若い女の子には、ストレートすぎる要求だ。異性としての好意なんて持ち得ないおじさんに、いきなり服を脱げと言われれば、気持ち悪いに決まっている。だが今、彼女は断れる立場になかった。

「この映像、残ってたら困るでしょう？」

俺はいやらしくそう尋ねた。

「ここで下着を見せるのと、警察にいくの、山城さんはどっちがいい？　もちろん、俺は素直にこの映像を提出してもいいんだよ。そうすれば、わざわざ本部に言い訳をしなくても済むし、ね？」

「うぅっ……そんなこと」

俺の言葉に、彼女は息を詰まらせる。

やっていることは俺こそセクハラであり犯罪だが、真面目な子ならきっと警察沙汰は避けたいだろう。

この先の経歴に傷がつくし、進学にだってもちろん響く。

まあ、本当に警察沙汰になるなら、だけど。

対して、ここで俺に下着を見せる場合は、この場さえ乗り切って、自分が抱え込めば親にもばれないいし、いい子のままでいられる。

積み上げてきたものが多いほど、警察沙汰は選べないものだ。

「わ、わかりました……。その、脱ぎます、から……」

「ああ、ありがとう」

怯えと恥ずかしさで震えながら言った彼女に、俺は優しく頷く。

自分では優しいつもりだが、その顔は欲望に塗れていたかもしれない。

彼女は躊躇うようにしながらも、まずは胸元のリボンを外す。

その動作だけでも彼女の爆乳が揺れて、目が奪われてしまった。

「おお……いいねぇ」

「うぅっ、見ないでください……」

喜ぶ俺の声に、彼女はさらに恥ずかしそうにしたが、もちろん見るために頼んでいるのだから止まらない。俺が無言で促すと、彼女は再びボタンへと手を掛ける。

そしてゆっくりと第一ボタン、第二ボタン、と外していく。

いつもはぴったりと閉じられている彼女の胸元が広がっていくのは、とても艶めかしく感じられた。

隠されたものが暴かれていく感じ。

そして三つ目、四つ目とボタンが外されると、制服の前が爆乳を押さえきれずに広がり、その豊満な双丘が現れる。

「あぅっ……あ、あの……」

「ちゃんと、前を開いて見せて」

「……はい」

彼女はもう言われなくても、逆らってはいけないとわかっているようで、自ら服を広げてそのおっぱいを見せてくれた。

「おお……これはこれは」

思わず、感嘆の声を漏らしてしまう。

服の上から見える爆乳も素晴らしいが、下着姿はさらにすごかった。

そのボリューム感たっぷりのおっぱいを、ブラジャーが支えている。

サイズが大きいと種類が少なく、可愛いものがないという話を聞いたことがあったけれど、彼女のブラは刺繍も入っており、十分に魅力的だった。

だが決してセクシー系ではなく清楚で、それがまた彼女っぽくて好感触だ。

「うっ……うぅっ……」

恥ずかしさに顔を赤くしながら、山城さんは小さく身体を揺らした。

羞恥から落ち着かなかったのだと思うけれど、その動きでおっぱいが揺れて、サービスとしか感じられなかった。

大きなおっぱいに、深い谷間。

服の上からずっと憧れていた爆乳が、目の前にある。

当たり前だが、上乳に至っては下着にすら包まれていない、生おっぱいだ。

一部とはいえ、柔肌を見られたことで、俺の興奮は高まっていた。

真面目な彼女のことだ。

こういった姿を、男にさらした経験はまだないのだろう。

あのおっぱい触れたい。

好き放題にしたい。

だが、さすがにこの場でそこまで要求すると、彼女も拒否してしまうかもしれない。

今でさえぷるぷると震えているのだ。

けれどもう少し……。限界ラインが下着までだというのなら、下も……。

そう思った俺は、彼女に切り出す。

「うん、おっぱいのほうは、楽しませてもらった。それじゃ、今度は自分でスカートをまくって、パンツを見せてくれないか」

「そんなことっ……！」

羞恥か怒りか……顔を赤くした彼女が、こちらを睨みつけてくる。

一瞬、踏み込みすぎたかと思うものの、ここで引いてはダメだ。

キッと睨んでいる山城さん。

普段はおとなしい彼女のそんな表情は、新鮮ですらあった。これはこれで、とてもいいものだ。

しかし、睨んだところですでに胸元ははだけ、その魅惑的な胸が露出してしまっているため、迫力はない。

俺が無言で睨み返すと、彼女は逃げるように一度視線をそらす。

けれど本当に逃げ出すことなどできず、彼女はスカートの端を手で掴むと、そろそろとたくし上げ始めた。

柔らかそうな腿がきわどいところまで露になり、そこで一度手が止まる。

「ほら、まだ見えてないよ？」

俺がそう煽ると、

「最低ですっ……！」

そんなふうに詰りながらも、彼女は白い腿を、そしてその奥にある下着を俺の目の前に晒してしまうのだった。

デザインこそおとなしいものの、意外と布面積の少ないえっちなパンツだった。

小さなリボンがワンポイントでついているのも、おじさんとしてはたまらない。

その小さな布が、彼女の大切な女の子を覆い隠している。

女性のつるりとした股間。

恥丘のわずかな膨らみがシワを作り、その秘部の存在を教えていた。

「…………っ」

彼女は震えながら、こちらを睨んでいた。

真面目で清楚な彼女が、顔を赤くしながら俺に下着を見せつけている。

その背徳的な姿は、獣欲を際限なく湧き立たせるのだった。

「ああ、いいな……」

そう言って一歩近づくと、彼女はびくんっと震えて後ずさった。

「あ、あの、これ以上は……」

そう言って彼女はスカートを押さえた。

俺は無言で彼女を見据える。怯えを見せながらも、引き下がらないようだ。

けれど俺がそれでも圧力を掛けると、彼女は小さな声でやっと呟いた。

「そ、その……胸を、ブラの上から……それで許して下さい。店長、その、胸がお好きでしょう？」

絞り出すようなその声は小動物的で、保護欲と嗜虐心をくすぐってくる。

「そうだな」

このあたりが、彼女の限界なのだろう。

その初心な感じも気に入ったし、彼女自身が言ったとおり俺は、そのおっぱいには常々、触れたいと思っていたので、それでいいことにした。

というか、やはりエロ視線には気付かれていたか……。まあ、いいだろう。

俺は、憧れていた彼女の胸へと両手を伸ばしていく。

「んっ……うっ……」

「おお……すごいな……こんなに育って、山城さんはえっちなんだね」

「そんなこと……最低ですっ……！」

セクハラ発言に憤る彼女だが、その声には勢いがない。

そして俺はというと、そのたわわな果実の感触に大興奮していた。

肌触りのいいブラの生地と、その奥でむにゅりと形を変える爆乳おっぱい。

予想以上の柔らかさに魅了されてしまう。

それに上乳には、直接指が触れているのだ。

これが、憧れた彼女のおっぱいなのだ。

ずっと揉みしだきたい、顔を埋めたいと思っていた爆乳に触れ、直に揉んでいる。

「うっ、店長、痛いですっ、強すぎ、いうっ……」

「ああ、ごめん」

感動のあまり揉みすぎたようで、彼女が普通に痛がっていた。

さすがに、これだけで感じさせるようなテクニックはないのだった。

ああ、すごい……。

憧れの美少女の爆乳。

年齢的にも釣り合い的にも、本体なら見ることもできないようなおっぱい。

それに触れたことで、俺の心に満ちるものがあった。

ただそれはそれとして、別のモノももう溜まってしまっている。

それでラストだろう。

「ねえ、山城さん」

そう言って俺は魅惑のおっぱいから手を離すと一歩下がる。

「これ、さ」

そう言って腰を突き出すと、彼女の視線が俺の股間へと動く。

「あっ……」

そしてその状態を察した彼女が、驚いた声をあげた。

「最後にさ、山城さんを見てこうなったこれを、鎮めてよ」

「それで終わり、ですか」

「うん」

俺はそう言うと、ジッパーを下ろして肉棒を露出させる。

美少女のおっぱいと、たくし上げ下着でギンギンに反り返ったそれを見て、彼女が息を呑んだ。

「きゃっ！　そ、そんなもの出さないで下さいっ。うっ、うわぁ……」

彼女は恥ずかしそうに顔をそらしたモノの、ちらちらと肉竿へ視線を動かしてくる。

おとなしそうな彼女だが、そこまで潔癖（けっぺき）というわけではなく、それなりに興味はあるみたいだ。

もちろん、引いている気持ちのほうが大きいと思うが、目の前にしたペニスを無視できない程度にはむっつりらしい。意外だけど、見られるのも少し嬉しいな。

「意味は、わかるでしょ？」

俺が言うと、彼女は困ったような表情になる。

「ほ、本当に、私が、これを……？」

「うん。いきなり口とか胸とは言わないからさ。手でいいよ」

そう言って肉棒を突き出すと、彼女は興味と侮蔑の入り交じった目で俺を見る。

「ヘンタイ……店長、ヘンタイだったんですね」

普段おとなしい子からそんなふうに言われると、なんだか不思議な快感があるな。

「そうだよ、ほら。ヘンタイおじさんのチンポ、触ってみて」

「あ、あうっ……そんな、それ、揺らさないでください。うぅっ」

勃起竿に怖じ気づきながらも、逃げ場がないということもあって、彼女はおずおずと手を伸ばしてくる。

パンツは隠れてしまったものの、ブラはまだ丸出しで、その谷間が見えている。

上半身は下着姿の美少女の手が、おそるおそるといった様子で肉竿を握る。

「ひうっ、ぴくってした……。それに熱くて、これ……」

「うっ……」

柔らかな彼女の手に触られて、思わず声を漏らしてしまう。

山城さんは、にぎにぎと勃起竿を確かめてくる。

「硬い……これが男の人の……」

彼女のしなやかな手で掴まれるのは、自分でするのとはまるで違う快感だった。

それに、美少女の顔のすぐ横に自分のチンポがあるという状態も興奮する。

「こ、これを擦って鎮めればいいんですよね……。店長がこんな人だったなんて……」

「ああ、そうだよ」

俺が素直に言うと、彼女はまだ顔を赤くしながらも、意を決したように頷いた。

「じゃあ、さっさと出しちゃってくださいっ。こんな、バイトの女の子を脱がせて、おちんちん握らせるヘンタイさんはっ！」

そう言った彼女は吹っ切れたのか、思いきりよく肉棒をしごき始める。

加減がわからないのか、最初からかなり強く握ってきて、俺は思わず声を出した。

「ま、待てっ！」

そう言いながら、彼女の手を掴んで止めさせる。

「はいっ！　な、なんですか……」

彼女は手首を掴まれて、びくっとして尋ねてきた。

「雑すぎるぞ。そこはデリケートな場所なんだから」

「え、ええっ？　でも、私が見たのでは結構激しくっ……いえ、あの……」

彼女は失言をした、と口をつぐんだ。

真面目そうな彼女だが、やはりむっつりだったようだ。ＡＶなども見たことがあるのだろう。

「いや、女の子でも、そういうのに興味あるのは当たり前だからな」

「そ、そういうこと言わないで下さいっ。デリカシーがないです」

「う、わ、わかったから」

照れ隠しなのか彼女の手に力が入り、肉棒を握ってくる。

「とにかく、気持ちよくすればいいんですよね」

「ああ……」

しかし、ふざけた会話で少しは気持ちが落ち着いたのか、彼女は丁寧な手つきで肉棒を擦り始める。

「こんなに大きくして……私に興奮したんですよね」

「ああ」

「いやらしい……。おちんちんも変な形で、ゴツゴツ凸凹してて、血管が浮き出てて……」

そう言いながらも、彼女は手コキを続けていく。

「うっ……おおおっ」

いざ、ちゃんとしごかれ始めると、すぐにでもイってしまいそうな快感だった。

彼女のおっぱいに触れて、すでに興奮は最高潮だったのだ。

その上、美少女に手コキなどされては、耐えられるはずもない。

「あっ、先っぽからなんか出てきました……これが先走りなんですね……」

「うっ、そ、そうだ……」

「なんだかすっごくえっちですね……ねっとりしてて、うぅ……」

彼女は嫌悪と好奇心の混じった様子で、肉棒をしごいていく。

いきなり男のモノを握らされて嫌がる部分はもちろんありつつも、それだけではない、という彼女の反応が俺を強気にさせていた。

決して、エロい経験があるわけではなさそうな彼女。しかし、エロへの好奇心はとても強いようだ。

「ねちょねちょしてます……こんなに糸引いて……」

「ああ……」

「店長、気持ちよくなってるんですね」

少し咎めるように言いながら、彼女は手を動かしていく。

「うぅ……それなら、早くイっちゃって下さい」

そう言って、山城さんは手コキの速度を上げていく。

「おうっ……これは……おおぉ、たまらない！」

細い指がカリ裏を擦り、幹をしっかりとしごいていった。

素人だとは思えないその気持ちよさに、俺は限界を迎える。

精液が上ってくるのを感じながら、彼女の様子を見る。

大人しく清楚な美少女が、嫌悪と好奇心の混じる複雑な表情で、男に逆らえずに手コキをしている姿。

自分とは違う細い指が肉棒をしごき、射精へと導いていく。

「うっ……出るっ！」

びゅるるるっ、びゅく、びゅるるっ！

「きゃっ」

いつもよりも勢いよく精液が飛び出していった。

「ひっ、おちんちんビクンビクンして……いやっ！」

跳ね上がるように飛び出した精液が、手コキをしていた彼女の顔や胸を汚していく。

「ひっ……ベトベトしてる……いやぁ……」

いきなり精液を浴びせられた彼女は、手で顔を拭った。

「うぅ……生暖かくて、青臭くて、うぅ……最悪です……」

突然ぶっかけられて当たり前に嫌がっている彼女だが、そんな姿も俺を興奮させているのだった。

そうだ。彼女は決して、好意があって手コキをしてくれたのではない。

自らの罪をもみ消すために、こんなにもえっちな行為を行ったのだ。

悪い女の子だ。

エロいことなんて不慣れなのに、いい子の自分を守るために手コキして、精液をぶっかけられて……。

俺のザーメンで汚された彼女は、とても卑猥だった。

「男の人って、こんなふうに射精するんですね。後片付けとか大変そう」

そう言いながら、彼女はティッシュで精液を拭っていた。

「店長、これで……」

「ああ、カメラの映像は消しておくよ」

俺がそう言うと、山城さんは安心したような顔をした。

「そ、それじゃ、失礼します」

「ああ、またね」

身支度をして、彼女はそそくさと去って行く。

俺は隠してあったカメラを止めると、約束通り監視カメラの映像は消しておく。

どのみち、何もなければ数日で消してしまうものなのだ。

それよりも、今日手に入った映像のほうが、遥かに価値がある。

美少女が胸をはだけさせ、スカートをたくし上げ、手コキをしている映像。

俺は心を躍らせながら、それを持ち帰るのだった。

◇

さて、なかば脅迫するように山城さんの下着を見せてもらい、胸に触れ、手コキまでしてもらったわけだが……。

普通なら触れることさえできない彼女の身体を堪能し、積年の欲望を満たした。

しかしそうしたことで、かえって期待は膨らんでいた。

これまでは妄想でしかなかったのだが、一度手が届いたことで、欲望が現実味を帯びてしまったのだ。

そして俺の手元には今、彼女の下着姿、そして手コキの動画がある。

これを使えばもっと……という悪魔の囁きが、俺を誘惑してくるのだった。

それに彼女はあのとき……。

もちろん軽蔑していたし嫌がってもいた。けれど同時に好奇心もあったし、エッチを受け入れていた部分もあったと思うのだ。

それは俺が都合よく見ているだけかもしれないが……。

けれど、十分にいける気がしている。

それに……。カフェで働いている彼女は、やはり可愛くて魅力的だ。

俺は再び欲望を抑えきれなくなり、もう一度彼女を呼び出すことにしたのだった。

「店長、どうしたんですか？」

前回のことは、あれで終わったことだとでも言いたいのだろうか。

彼女は、とくに疑いもしていない様子で尋ねてきた。

しかしそれはやはり言葉だけのようで、実際には、彼女はふたりきりだという状況に少し顔を赤くして、警戒しているように見える。

仕事中は周りの目を気にしてか、態度も変わらない彼女だが、やはり個室にふたりきりとなると意識してしまうのだろう。

「いや、少しお願いがあってね。家に、来てほしいんだ」

俺がそう切り出すと、彼女は怪訝そうな顔になる。

「店長の家に、ですか？　いえ、そういうのは――」

当然のように断ろうとする彼女だが、俺にはもちろん用意がある。

「実は、これについてなんだけど……」

そう言っておれは、スマホに保存してあった動画を再生する。

内容はもちろん、前回のモノだ。

映像の中で彼女が、胸元をはだけさせて、スカートをたくし上げている。

「店長！」

彼女が慌てたように俺のスマホを奪い取ろうとしたので、それをかわす。

まあ、スマホに入っているのはコピーしたものだから、元データはまだカメラにも残っているし、編集用のＰＣにも入れてあるけど。

「何で……そんなもの……！」

彼女は驚きと混乱に震えながら尋ねてくる。

「まあ、せっかくだったしさ」

「せっかくって……！　消して下さい！」

「ああ、もちろんだよ。だから、家に来て俺の言うことを聞いてほしいなって」

「そんなの……ほんとに最低ですっ！」

彼女は珍しく怒って俺を睨みつける。

前回同様、普段おとなしい彼女の意外な表情は、俺を興奮させるだけだった。

「まあ、この前と違って、これは犯罪記録でも何でもないしね。山城さんがちょっと恥ずかしいだけだから、お願いを聞いてくれなくても仕方ないけど……」

そう言いながら、俺はスマホを軽く振ってみせる。

「でも、山城さんは真面目そうだし、こんなことしてるって知られたら、みんなどう思うだろうね……。事情が事情だから、なんでこんなことしていたのかってことは、誰にも話せないだろうし、ね？」

「うう……さいてい……です」

働いているときに見せる朗らかなものとは違い、軽蔑の視線を向けてくる彼女。

睨み慣れていないのか、脅されているからなのか……。

睨みながらも少し涙目だというのが、ものすごく嗜虐心をくすぐってくる。

この場で今すぐ犯したくなるような、可愛らしさだ。

「それで、どうかな？」

俺が意地悪く尋ねると、彼女は迷いつつも、結局はそうするしかない、というように頷いた。

「わかりました。だけど、今度こそその動画も消して下さいね」

「ああ、わかったよ」

そう言って、俺は承諾してみせる。

この動画もとてもそそるし、すばらしいものだが……この後のことを考えれば、物足りなくなってしまうだろうからな。

俺はほくそ笑んで、彼女を家に連れて行くのだった。


自分の部屋に着くと、俺はやはり少し緊張していた。

あの山城莉子を部屋に連れ込み、好きにする……。

ずっと妄想でしかなかった行為に及ぶのだ。

もちろん、リスクはある。俺のやっていることは脅迫だ。

しかし、彼女はまだ学生で、お勉強はできても世の中には疎い。

それに、真面目でおとなしいから、自分の下着姿を晒したくないという思いも強いことだろう。

実際、彼女のような美少女がネットで下着を晒せば、様々な歓迎とともに面倒な輩にも絡まれるはずだ。

しつこく連絡して誘ってくるだけならまだしも、ストーカーに発展することもあるかもしれない。

それに、一度でもネットに上がってしまったものは、絶対に消せないのだ。

そういったことを考えれば、要求を呑んで俺ひとりでとどめておいたほうが安全だということになる。

「意外と片付いているんですね」

俺の部屋を見て、彼女がそう言った。

「まあ、そうかな」

俺としては、彼女を呼ぶことが決まっていたので掃除をしてあったのだが、やはり正解だったらしい。

「それで、動画を消してもらう件なんですけど」

彼女はすぐに要件を切り出してきた。

早く帰りたいのだろう。まあ、それもそうか。

もちろん俺は、そうすぐには帰すつもりはないけれども。

「ああ、そうだな。まあでも、わかってるだろ？」

「わかってる……？」

彼女は俺の言葉に首を傾げた。

これは、本当にわかっていないそうな様子だ。

「ああ。男の部屋に来たんだ。することなんて決まってるだろ？」

「……あっ」

俺の言葉でようやく思いついたらしく、彼女は顔を赤くして首を横に振った。

「そ、それは、そういうのは……もう」

彼女は困ったようにキョロキョロとするものの、俺はじっとそれを見つめた。

助けなど来るはずもない状況だ。

「そういうの、困ります……私……その……」

彼女は怯えながら、俺にお伺いを立ててくる。

その目は嗜虐心をくすぐり、俺は頬が緩みそうになるのをなんとか抑えた。

「そうは言ってもね……」

俺は呆れたようにそう言ってみせる。

「うぅ……だいたい、なんでそんなこと……！」

彼女はキッとこちらを睨みつけてくるが、もちろん迫力なんてない。

俺は動じることなく、その視線を受け止めた。

「この動画が流れて困るのは、山城さんだしね。どうしても嫌だって言うなら、俺も諦めるよ」

「それは……」

彼女は逡巡しているようだが、やはりあらためて考えてみても、動画が出るのは防ぎたいようだ。それはそうだろう。

「学校とか親に見つかったら、大変だろうけどなぁ……。山城さん、真面目でいい子でしょ？　ショックも大きそうだ」

「最低ですっ……！」

彼女は意地悪な俺を睨んでくるものの、追い詰められていて涙目だった。

そんな顔されたら、もっといじめたくなってしまう。

「山城さん自身が、どうしたいか選んでいいよ。ここで俺に抱かれて、この前の動画を削除するか、それともやっぱりセックスはできないと思って、このまま帰るか……。よく考えてみて」

「店長……なんでこんなこと……こんな人だと思いませんでした。こんな、こんな脅してセッ……そんなこと要求してくるなんて」

彼女は純粋で、男の前でセックスと言うのを躊躇(ためら)うような、おとなしい子だ。

そんな子に動画を消したければ抱かせろだなんて、なんて酷い奴なのだろう。

しかし俺は、他人事のようにそう思っていた。

もう、欲望は止められない。

ここ最近の、本部とのキツいやりとりやらなにやらで疲弊している俺は、もうどうにでもなれ、というやけっぱちな気持ちになっている。

それなら、目の前の美少女を抱いてやる。

「ど、どうしても、ですか……？　その、また手とか、そういうのは……」

「いや、今日は君を抱く。そう決めてるんだ」

「っ……最低です！　最低です店長……」

にべもなく断ると、彼女は戸惑いと怒りを露にする。

「ほら、どうするの？　動画、みんなに見られてもいいの？　オープンスケベな女の子にキャラ替えするなら、それもいいんじゃない？」

「そんなのっ……！」

俺の煽りに、彼女はとても素直に反応してしまう。

巨乳美少女であり優等生の彼女は、普段から異性の欲望の目にはさらされている。

しかし、こんなにも露骨に大人から迫られることはなかっただろう。

もちろんナンパくらいはあるだろうけれど、強引に迫るような輩は、危ない場所に近づかなければ会うこともない。

なんにせよ、この場には俺と彼女しかいない。だれも彼女を助けてはくれないのだ。

「っ……わかり、ました……」

彼女は絞り出すようにそう言った。

「動画、消して下さい……」

「いいんだね？」

俺が尋ねると、彼女は涙目でこちらを睨みつけて、叫んだ。

「いいわけないじゃないですか！　ないけど……それしか……」

すぐに力を失い、彼女は俯いてしまう。

これまでは真面目な優等生で、おとなしくいい子で、美少女でおっぱいも大きく、順調な生活だっただろう彼女。

そんな彼女が、俺のような冴えないおっさんに捕まり、抱かせろと言われ、それを断れずに受け入れるしかない。

悔しさや悲しさで涙をにじませている。

そんな姿を見せられた俺は……だが、とても興奮していた。

山城さんは、間違いなく高嶺の花なのだ。

同世代でさえ異性には接点などない俺にとって、一回り以上も年下の若い女の子だ。

それがこうして堕ちてくるなんて、最高だった。

「そうか。それじゃ、いこうか」

俺はそう言って、ベッドへと彼女を連れて行く。

「うぅ……でも」

ぐずっても、もう、後戻りはできない。

俺はベッドに着くと、彼女の服へと手を掛ける。

「じ、自分でできますから……」

脱がせられるのはいやなのか、彼女は一歩後ずさってそう言った。

「そうか？　じゃあ、脱いで」

俺が言うと、彼女はこくん、と小さく頷いて、自らの服に手を掛ける。

のろのろとした動作で脱ぎ始める彼女を、俺は眺めた。

自分の部屋で、自分のベッドの側で、山城莉子のような美少女が服を脱いでいる。

俺に抱かれるために、裸になっているのだ。

それを思うだけで肉棒は熱く滾り、俺を急かしてくるようだった。

彼女はまず上半身を脱ぎ、ブラが露出する。

そして少しだけ逡巡してから、スカートを脱いでいった。

ぱさり、とスカートが落ちると、その魅惑のショーツが現れる。

彼女の最も大切な場所を覆う、頼りない布だ。

そこで彼女は一旦、手を止める。

下着姿も十分に恥ずかしいものだろうが、それでもまだ、下着という防御がある。

カフェの更衣室や、学校の体育のときなども、自分の部屋ではない場所でだって、ここまでは人前で脱ぐことはあるだろう。

けれど、この先は……。

自宅以外で全裸になる機会は、そうあるものじゃない。

しかも男に見られながら、そいつの部屋で全裸になるなんて、彼女には初めての経験だろう。

俺は固唾を呑んで、彼女の初体験を見ていた。

やがて意を決して、彼女はブラへと手を掛ける。

ぱちん、とホックの外れる音が、やけに大きく響いた。

「……ぁ」

小さく漏れる、彼女の声。

その爆乳を覆うブラが緩み、肩ヒモを外していくと、押さえられていたおっぱいがぷるんっと震えながら現れた。

「あぁ……」

俺も思わず、感嘆の声を漏らしてしまう。

カフェの制服姿でずっと憧れていた、彼女の生おっぱい。

この前、下着姿を見たときも感動したが、丸出しおっぱいとなると、さらに素晴らしいものだ。

「うっ……」

熱い俺の視線を受けて、彼女は腕をクロスさせるようにして胸を隠した。

その動きで爆乳が押し潰され、むにゅりと形を変える。

その様子がとてもエロく、俺をどんどん昂ぶらせていった。

胸から手を外すことを躊躇（ちゅうちょ）しているみたいだが、それも当然だろう。男の目の前でおっぱいを出しているのだ。

ただでさえ恥ずかしいだろうに、それが好きでもないおっさんともなれば尚更だ。

けれど、そうやって恥ずかしがっているだけでは、この状況は変わらない。

彼女が諦めたように胸から手を離すと、押さえられていた反動でまた、ぶるんっと爆乳が揺れた。

誰もが目を惹かれる、たわわなな果実。

柔らかそうに揺れる姿についつい視線を奪われる。

乳首と乳輪は、服の上からではわからない。今日、初めて目にする部分だった。

男とは違い、吸われるために膨らんでいる乳首に、きれいな色の乳輪。

彼女は身をかがめると、最後の一枚であるパンツへと手を掛けて、ゆっくりと下ろしていく。

前屈みになって強調されるおっぱいと、露になっていく彼女の秘部。

するするとショーツが脱がされていき、彼女は一糸まとわぬ姿になった。

「あの、店長……」

脱いだ服を几帳面にまとめると、すぐに両手で胸とアソコを隠してしまう。

大事なところが見えなくて残念ではあるが、恥ずかしそうにするその姿もまた、そそるものだった。

「それじゃ、ベッドに……」

俺は彼女を促して、ベッドへと寝かせる。

逆らうことのできない彼女は、しぶしぶと促されるまま仰向けになった。

「それじゃ、触るぞ」

「………」

彼女は無言のまま、小さく顔をそらした。

俺はそれを了承と判断して、まずは彼女の手をどかせ、ずっと憧れていた爆乳へと指をのばしていく。

「おお……」

前回、ブラ越しに触ったときもよかったが、やはり生は格別だ。柔らかなおっぱいがむにゅんっと俺の指を受け止めて、むっちりとした柔らかさを伝えてくる。

吸いつくような肌の、美少女おっぱい。

俺はそれを、むにゅむにゅと両手で揉んでいく。

「うぅ……いやぁ……」

彼女は小さな声で、屈辱に耐えているようだった。

誰もが憧れるような爆乳を、好きでもない男に揉みしだかれている。

自分の身体を好きにされて、嬉しいはずもないだろう。

だが、そんなことはどうでもよくなるくらい、俺は彼女のおっぱいに夢中だった。

柔らかくも張りのあるおっぱいを存分に楽しんでいく。

俺の指を受けて変形する乳房。

指の隙間からはみ出してくる乳肉が、とても卑猥だった。

「あぁ……いいなぁ、これ」

思わず溜息を漏らしながら、おっぱいを揉みしだいていく。

「うっ……ん、あぁ……」

触っていくうちに、刺激によって乳首が立ち始めていた。

ぷっくりとした乳首がしこりのように硬くなり、俺の掌を押してくる。

それに応えて、俺はそのまま掌でそこを刺激していった。

「あっ……ん、うぅ……」

彼女は小さく声を漏らしながらも、ひたすらに耐えていた。

これまでは真面目な美少女として、日の当たる場所で愛されてまっすぐに生きてきたのだろう。

そんな彼女が、今はさえない男の部屋でその輝かしい裸体を好きに弄ばれているのだ。

その状況は、俺の中に後ろ暗い興奮を湧き上がらせていく。

「んぅっ、ふっ、あぁ……」

俺は夢中に胸を堪能しながらも、彼女の反応が徐々に変わってきたのを感じていた。

最初は嫌悪や悔しさといった色ばかりだったのだが、触られている内に少しずつ反応してきているみたいだ。

彼女の心に反して、身体はセックスの準備を始めている。

それは身を守るためだけのものなのか、あるいは、むっつりな彼女がひとりでいじって感じやすくなっていたのか……。

どちらにせよ、今の俺にとってはいい反応だ。

「乳首、立ってきてるな……」

「そんなことっ……んぁ、んくっ……」

彼女は恥ずかしい指摘を否定しようとして、一瞬だけ甘い声をあげかけた。

すぐにそれを隠してしまったが、思わず喘ぎそうになった様子が、俺の背中を後押ししていく。

「それじゃ、もうっちょっと確かめてみる」

「やっ、あぁっ……」

俺は、敏感な巨乳乳首をくりくりといじり回していく。

彼女は俺から顔をそむけて、けれど抵抗らしい抵抗はできずに、されるがままになっていた。

「あんっ！」

きゅっと乳首をつまんでやると、彼女の口から嬌声が漏れた。

俺はその反応をもっと楽しむように、乳首を丹念に刺激していく。

「やっ……だめ、そんなところばかり、ん、うぅっ……」

彼女は確実に気持ちよくなっているようで、その声には色が感じられた。

「んっ、ふっ……」

俺は乳首をいじりながら、片手を下へと下ろしていく。

「あっ……」

みぞおちからお腹へ。そしておへその辺りに触れると、その手が何処へと向かうのか彼女も察したようだった。

きゅっと足が閉じられる。

俺の手はそんな彼女の下腹を通り、閉じられた足の間へと滑り込む。

「こっちは、どうなってるかな」

「んっ……あ、だめ……」

くちゅり、と微かな水音がした。

彼女のおまんこ。

俺の手は、そこに触れているのだ。

ぴっちりと閉じた割れ目を、そっとなで上げる。

まだ何も受け入れたことのない陰唇は、わずかな蜜を垂らしているだけで、その入り口を閉ざしている。

「足、開いて」

「でも……」

恥ずかしそうにする彼女だが、俺は乳首をいじっていた手も下へと向かわせ、その足を開かせた。

「ああっ……！」

がばりと両足を開かれて、おまんこが無防備に晒される。

これが、彼女の大切な場所なのだ……。

俺の肉棒はいきりたち、すぐにでも入りたがっているようだった。

清楚な彼女のそこは、ぴったりと閉じている。

侵入するものを拒んでいるかのようだ。

きれいな割れ目が、愛撫でわずかに湿り気を帯びていた。

「やぁ、うぅっ……」

指を向けると、おまんこを触られて逃げようと身体を揺すった。

胸への愛撫だってもちろんいい気はしないだろうが、ここはやはり特別なのだろう。

もちろん、俺が逃がすはずなどなかったが。

俺はまた、恥丘へと指を動かした。

ぴったりと閉じて彼女の処女を守ろうとする防御壁は、しかしあっけなく俺の指に押し広げられてしまう。

「やあっ……あぁ……わたしの、んぅっ……見られて、あぁ……」

羞恥と絶望に声を漏らす山城さん。

けれど俺の意識は、押し広げられたおまんこに夢中だった。

ピンク色をした内側が見える。

愛撫でわずかに濡れ始めているそこは、複雑な襞が蠢いていた。

これが、肉棒を挿れるための穴なのだ。

「だめ、あ、あぁ……そこは、ん、あぅっ……」

今更止まることなどできないとわかった上で、それでも最後の一線を守ろうと彼女が声をかけてくる。

だが、当然そんな要求をのめるはずもない。

俺はまず、指を軽くおまんこへと忍ばせる。

「んぁ、あっ、だめぇっ……中、ん、あぁ……」

わずかに襞を押し広げた指を、彼女の膣口が咥えてくる。

指一本でさえこんなに締まってくるのに、この狭さでチンポを入れることなどできるのだろうか。

そうは思うものの、大丈夫なようにできているのだろう。

彼女の身体はもう立派な大人の女だ。

時代が時代なら、結婚しているような年齢。

なにも問題はないのだ。

「やぁ……だめ、ん、うぅっ……」

彼女は当然、この期に及んでも処女を守りたいと思っているのだろう。

けれど、内心では諦めているのか、おまんこからはどんどん愛液が溢れ出し、肉竿を受け入れる準備を始めていた。

拒否するようなことを言いながらも、これだけ濡らしているのだ。

「もう、よさそうだな」

すっかり潤いを帯びたおまんこを前に、俺はそう言って、一度離れる。

「えっ……あ、あぁっ……！」

一瞬安心しかけた彼女だが、服を脱いだ俺を見て、声をあげる。

肉棒は期待でガチガチになり、そそり勃っていた。

自らを貫く男を見て、彼女はあらためて怯えの表情を浮かべた。

「むり……そんなの、あ、だめぇっ！」

俺は彼女の太股をつかみ、ぐいっと開かせる。大きく広げさせると、その間に入り込んで、猛ったものの先っぽを彼女の入り口へと押し当てた。

「やぁっ、だめ、むりっ……店長っ……！　そんなの、あ、あぁ……」

「大丈夫。いくぞ」

「いや、だめっ、待って、ん、あああぁぁぁっ！」

「うっ、くっ……」

ぬぷり、と肉棒が陰唇を押し広げて膣口へと侵入しようとする。

「やめ、あっ、だめ、ん、くぅっ！」

そして未通の証をメリメリと押し広げていく。

濡れてはいるが、なにせまだ異物を挿れたことのない穴だ。

拡張はされておらず、狭い。

俺はそのまま腰を前に出して、肉棒を押し込んだ。

「いあぁぁぁぁぁっ！」

ぶちりとそこを突き破ったペニスが、彼女の中へと入っていく。

「ひぐっ、あ、ああっ！ やめ、ん、うぅっ……！」

「あぁ……すごいな、これ、これ……」

膣内は狭く、肉棒を締めつける。濡れた襞が蠢いて絡みついてきていた。

憧れていた彼女の処女を、俺が今、奪ったのだ。

「やぁっ……これ、うぅっ……苦しっ、あぁ……」

内側から押し広げられるという初の経験に、彼女はまだ声を漏らしている。

十分に濡れていたとはいえ、狭さは解消されていない。

俺の肉棒がキツイ締めつけを受けているのと同じだけ、彼女は膣内を押し広げられている。さすがにこの状況では動けず、俺は彼女が落ち着くまで待つことにした。

「ひうっ……あっ、あぁ……うぅぅっ……」

破瓜の衝撃で涙を流している彼女は、ものすごくエロかった。

反射的に流したものなのだと思うが、処女を奪われ、ペニスを咥え込んだまま泣いているというのは、背徳的な歓びを感じさせる。

俺はそんな彼女を堪能した後、ようやく落ちついてきたあたりで腰を動かし始めた。

「あくっ！　んぁ、ああっ……！」

動くとまだつらいのか、彼女が声をあげる。

しかし、ずっと止まっていても状況はよくならないだろう。

十分に濡れていることもあるし、俺はそのままゆっくりと腰を動かしていった。

「あっ、ん、くぅっ……！　う、あぁ……私、うぅっ……」

彼女は、初めてペニスを受け入れているきつさと、処女を奪われ犯されていることへのショックを同時に味わっている。

涙以外にも、口からは少しよだれがこぼれてしまっていた。

しかし、それもまたエロいものだ。この美少女を、俺が女にしたのだから。

そんな後ろ暗い歓びが、胸の内側からふつふつと湧き上がってくる。

「んっ、あぁ……くぅぅっ……！」

そしてしばらくすると。

苦しげな声を漏らすが、その中にわずかだが快感がまじり始めているような気がした。

処女穴を肉棒で貫かれた衝撃も収まり、準備が整ったのかもしれない。

きゅうきゅうと締めつけてくる膣道に気持ちよさを感じながら、腰を動かしていった。

「やっ……あっ、やめ、もう抜いて、あぁっ……！」

あの山城さんが……俺のペニスで女になった莉子が、そう懇願してくる。

だが、キツく絡みついてくる膣襞の気持ちよさと、彼女を征服しているという充実感は、むしろ俺の腰を動かしていった。

「あっ……！　ん、くぅっ……うぁ。いや、いやぁっ……！」

膣穴を往復される異物感か、それとも好きでもない男に抱かれる嫌悪感か……莉子は悲鳴のような声をあげながら、俺を拒絶してくる。

しかし、膣襞のほうは肉棒受け入れ始め、吸いつくように蠢いているのだった。

「くっ……」

その刺激はかなり強く、俺も長くは持ちそうもない。

俺はそのまま、必死に腰をふり、今だけの初々しい膣道を擦り上げていく。

「いうっ、あ、いやっ……！　こんなの、あっ、あぁっ……！」

彼女の声がだんだんと色づいている気がした。

莉子の心はどうあれ、身体はセックスに順応してきている。

肉棒を咥えこみ、子種を求めて膣襞を震わせる女になっている。

俺は自らの興奮に任せ、本能で腰を振っていった。

「あぁ、ん、ふぅ、んぁっ……！」

声はますます高くなり、苦痛よりも快楽に傾きつつある気がした。

愛液がたっぷりと溢れ、膣内でかき回されていく。

視線を下ろせば、彼女のおまんこが肉棒をずっぽり咥え込んでいるのがわかる。

憧れの美少女を、犯している。こんなおじさんが。

ただ憧れるだけだった彼女が、俺のモノを受け入れ、その汚れない膣襞で締めつけてきている。同年代の男子たちがまだ、誰も味わったことのない極上のおまんこなのだ。

「うっ……くうう。最高だ！　最高だよ！」

おまんこの気持ちよさと、あり得ないシチュエーションへの興奮で、耐えきれず精液がせり上がってくるのを感じた。

すでに先走りが吹き出る鈴口が、何度も子宮口をノックしている。しかし、それだけではダメだ。足りない。もっともっと全てを、彼女のオマンコへと吐き出して汚したい。

俺はラストスパートで、腰を勢いよく振っていく。

「んぁっ、あっ、あぁっ……なんか、あ、あぁっ！　だめ、んぁ、あぁっ！」

犯されているショックと快楽とで、莉子の顔は濡れていた。

その身体がピストンに合わせて跳ね、膣襞もうねって絡みついてくる。

「あっあっ、んぁ、ああっ！　あふっ、んぁ、あぁっ！」

快楽に身悶える彼女。その喘ぎ声が心地よく響いてきた。

締まる膣襞をかき分けて往復し、肉棒を奥へと届かせていく。

「んはっ！　あ、あぁっ！　んぁ、あ、あぁぁぁぁ！」

「う、おぉっ……！　だすぞ！」

彼女が大きく喘ぎながら身体を跳ねさせる。

その瞬間、これまで以上に膣襞が収縮して、肉棒を強く求めてきた。

俺はその快楽をきっかけに、射精する。

「んはぁぁぁぁっ！　あっ、あぁっ……！　だめ！　あ、ああああ！」

勢いよく飛び出した精液を受けて、彼女がさらに嬌声をあげた。

俺は最高に気持ちいい射精に身動きもできず、彼女の膣内に精を放っていった。

「あぁ……気持ちいい……こんなにいいなんて」

そして出し切って落ち着くと、ゆっくりと名残惜しむように肉棒を引き抜いていく。

「あぅっ……あっ……はぁ……はぁ」

ぬるりとペニスが抜けると莉子が震え、押し広げられた彼女の膣口から、混じり合った体液がこぼれだしてきた。

全身を様々な体液で濡らしながら、荒い呼吸で横たわっている少女。

呼吸の度に大きなおっぱいが震え、種付けされた膣口は行為の痕跡がありありとわかる。

そんなエロい姿は、一生残しておきたいほどのものだ。

俺はこれまでにない満足感を覚え、その光景を眺めているのだった。

第二章 おじさん店長と可憐なアルバイト

莉子を脅すようにして身体を重ねてから、数日が過ぎていた。

彼女はなるべく俺を避けるようにはしつつも、バイトはこれまで通り続けてくれている。

取引によって犯罪——実際は違うのだが——をもみ消し、下着姿映像も消した。

彼女としてはあとは、誰にも気付かれないということが重要なのだろう。

俺に対して以外は、極力、バイト仲間にもいつも通りに振る舞っているようだ。

そのかいもあってか、他の子たちは莉子の変化には気付いていないようだ。

「いらっしゃいませ」

明るく接客をする彼女を、少し離れたところから眺める。

相変わらず可愛らしく、魅力的な美少女だ。

今も、対応されている客の少年が、彼女に見とれてしまっている。

清楚系でおとなしそうな美少女というだけでも目を惹くし憧れるのに、服の上からでもはっきりとわかるほどの巨乳だというのだから、大半の男は彼女に目を奪われてしまう。

そんな彼女とセックスしたのだと思うの、歪んだ優越感が湧き上がってくる。

それと同時に、またムラムラとしてきてしまった。

最初はただ、その身体に少し触れるだけでも感動だったのに。

そんな彼女と一度セックスできただけでも、俺のような冴えない人間にとっては奇跡だ。

しかし、欲望というのはどんどん増長していくもの。

一度セックスできると、またしたいという思いが溢れてくるのは当然のことだった。

そして俺の手元には、前回の動画がある。

追い詰められると莉子は視野が狭くなる性格なのか、俺が動画を撮っていることには、またしても気付かなかったようだ。

まあ、無理もないだろう。

これまでずっと、明るい場所で善人にばかり愛されて生きてきた彼女だ。

お坊ちゃんお嬢ちゃん同士の可愛らしい悪戯を向けられることはあっても、俺のようなクズと関わることはなかったはずだ。

今回の経験を元に、彼女はきっと成長していくことだろう。

などと、他人事のように考えている間も、俺の心の中は彼女との次のセックスでいっぱいだった。

そして俺は彼女の警戒をぬって不意を突き、また声をかける。

「店長……」

莉子は困惑した表情を浮かべて、一歩後ずさる。

「待って。話だけは聞いたほうがいいと思うよ」

「………っ」

俺の言葉に、彼女は何かを察したのか息を呑んだ。

そして、軽蔑するような視線を向けてくる。

普通なら、彼女のような美少女にこんな顔をされたら、へこむことだろう。

けれどすでに、その脆(もろ)さを知っている俺には、むしろいいスパイスに過ぎなかった。

こんなふうに強がってられるのも今だけだ。

彼女自身、それをわかっているだろうというのも、より俺を昂ぶらせていった。

「もしかして、またっ……」

「ああ」

彼女の言葉に、俺は短く頷く。

すると彼女は諦めたような顔になり、俺に素直についてくるのだった。

店が終わると、俺は再び彼女を家へと呼んだ。

「ひどいですっ。また動画を撮るなんて……」

「約束は守ったけどね」

「それはそうですけど、でもっ……！」

店長権限で制服のまま連れ出した彼女が、家に着いた途端、こちらへと詰め寄ってくる。

だが、二度脅されているからか、もう勝ち目がないのもわかっているようだった。

処女喪失セックスハメ撮りという決定的なものがこちらにあるため、もう身動きがとれなくなっている。どうしていいか、分からないだろう。

もちろん、自爆覚悟で彼女がすべてばらしてしまえば、俺も終わりだろう。

だがその場合、彼女のハメ撮りは流出し、莉子自身もずっと卑猥な目を向けられて生きることになってしまう。秘部丸見えのセックス映像は、最初の下着姿とは破壊力が違う。

彼女自身それもわかっているし、周囲から受けてきた優等生への期待を裏切れない性格だからこそ、こうしてズブズブと俺に好き放題されているのだ。

どんどん戻れなくなり、彼女はもう完全に袋小路にはまっている。

ここまで来れば、もう俺の要求は問題なく通っていく。

この先で気をつけることといえば、本当に嫌気がさして、自棄になって自爆しないように注意することだけだ。

そのためには、ムチの部分を緩めたり、アメを与えたりする必要がある。

過度の無茶を言わずにいれば、これまで支払ったもののこともあり、莉子はそれを受け入れていくだろう。

「さ、こっちへ」

俺は彼女をベッドへと誘導する。

「また、するんですか？」

彼女は不安と嫌悪の混じった目で俺を見る。

しかし俺は、その瞳の奥にわずかだが、淡い期待のようなモノを感じた。

それは俺の錯覚かもしれないが……。

けれど前回、ただの生理的な反応だったとしても、処女だった莉子がしっかり感じていたのも事実。

それは俺に、この関係への一筋の光明と期待をもたらしていた。

現状は、脅しによってだけ繋がっている関係だが、そこにアメの要素を加えることができれば、共犯としてより強固なものになるかもしれない。

彼女が俺に縛られる力が、もっと強くなるのだ。

この極上の身体を好きにしたい俺としては、繋がりは強いほどいい。

「さて、それじゃ、さっそく」

「んっ……」

俺は彼女を抱き寄せる。

華奢な肩を抱くと、その整った顔が近づいた。

彼女は何かに耐えるような目を俺に向けている。

そして魅惑の爆乳が、俺の身体にむにゅっと当たった。

俺はたまらず莉子をベッドへと押し倒し、胸元をはだけさせる。

「あっ……」

彼女は小さく身じろぎするものの、もう諦めているのかそれ以上は抵抗しない。

俺はそんな彼女のブラジャーを外していった。

「うぅっ……」

小さく声をあげるものの、やはりそれだけだ。

「あぁ……今日もすごいね」

やはり、生おっぱいは素晴らしい。

俺はあらためて感動してしまった。

前回も触ってはいるものの、長い間ずっと憧れていた爆乳なのだ。

そうそう飽きるようなものではない。むしろずっと触っていたいくらいだ。

俺は両手で、そのおっぱいを揉んでいく。

「んっ……ふぅっ……」

大きいと感じにくいという話も聞いたことがあるが、彼女の場合はそんなこともないようだった。

「んっ……あぁ……」

むにゅむにゅとその爆乳を堪能していると、彼女が小さく声を漏らしていた。

一度して、精神的にも慣れたからだろうか？ 素直に感じているようにも見える。

その声は屈辱や恐怖よりも、快感に色づいているような気がした。

「うっ、店長、んっ……」

彼女は決して、全面的に俺を受け入れている訳ではない。

あくまで脅されて、従っているだけだ。

けれどその身体は火照りはじめ、だんだん感じてきている。

「乳首、もう立ってきているな」

「いやっ……そこばかり、あうっ」

まだそこまで長々と触っていたわけではないのだが、彼女の乳首は触ってほしそうに立ち上がっていた。

俺はそんな期待に応えて、くりくりといじっていく。

「んぅっ、あ、あぁっ……」

先端への刺激に、彼女は甘い声をあげてしまう。

心はどうあれ、身体のほうは徐々にこちらへと傾いているようで、俺は笑みを浮かべるのだった。

そのまま、乳首をいじりながらもおっぱいを堪能していく。

しばらくそうしていると、彼女の声はどんどん色づいていった。

もう初めてではない。一度した経験からの安心感か、あるいはあの後、彼女自身も自分で触って感度を高めていたのだろうか……。

なんにせよ、前回の処女喪失よりもずっと、莉子が楽しんでくれそうで嬉しい限りだ。

どうせなら、淫乱に乱れている莉子を抱くほうが、俺も気持ちいいしな。

「うっ、あぁぁ、んぁっ……！」

自慢の爆乳を触られ続けて、莉子が嬌声をあげていく。

「胸だけでしっかり感じてるんだな」

「そんなこと、んっ、あぁ……」

彼女は否定しようとするものの、その声はもう艶めいていた。

「それじゃ、こっちはどうかな」

そう言いながら、俺は下へと向かっていく。

「あっ……やっ……」

彼女はそう言って身じろぎをするが、もちろん逃がすはずはない。

スカートをまくり上げて、彼女の下着を確認する。

「もう、こんなに濡れてるんだな」

「んぁっ！」

下着の一部が、濡れて変色していた。

そこに触れると、くちゅっと小さな水音がして莉子が可愛らしく反応する。

俺は下着の上から、その割れ目を撫でていった。

「んうっ、あっ、あぁ……」

莉子は色っぽい声を出して、小さく身体を動かす。

下着の上からの刺激でも良い反応をしてくれると、俺も嬉しくなってくるのだった。

俺はショーツに手を掛けて、するするとそれを脱がしていく。

「ん、うぅっ……」

やはり恥ずかしそうではあるものの、彼女は抵抗することなくそれを受け入れて、俺に秘部を晒してしまう。 s
スカートが残っているのが、かえってエロい。

俺はスカートをまくり上げると、彼女のおまんこへと顔を近づける。

「あぅっ……そんなに、じっと見ないで下さいっ……」

莉子はそう言って羞恥に身悶えた。

俺は、割れ目へと指を伸ばしてそこをいじっていく。

「んっ、ふぅ、あぁ……」

ちゅくちゅくといじっていくと、その膣襞が震えて反応する。

この穴が、先日、肉棒を咥え込んでくれたのだ。

俺は不思議な興奮と共に、彼女のおまんこをいじっていった。

「あぅっ、や、あぁ……店長、そんなに、んうっ……」

しっかりと押し広げてみると、ピンク色の襞が複雑に蠢いているのがわかる。

俺はさらに顔を近づけ、そこへと舌を伸ばした。

「んぁっ、店長っ！　そんなところ、舐めちゃ、ひぁっ！」

莉子は敏感に反応して、俺の頭へと手を伸ばしてきた。クンニは初めてなのだろう。

彼女はそのまま、俺の頭を押し返そうとしてくる。

しかし俺は離れずに、おまんこへと舌を触れさせていく。

「れろっ」

「んぁっ！　うぁ、舌、入ってきて、んぅっ……」

見られることも、手で触られるのももちろん恥ずかしいだろうが、秘裂を舐められるのはもっと恥ずかしいようだ。

彼女は今日初めて、本当に恥ずかしそうに抵抗してきた。

それなら止めてもいいかと思うものの、そんな反応も可愛くて、ついつい舌を動かしてしまう。

「あ、あぁっ！ そんなこと、ん、んぅっ……！ だめ、あぁ」

れろれろと舌を動かして、膣内を抜き差ししていく。美少女のおまんこの味は、たまらなかった。

肉竿に比べればずっと小さい舌だ。手前を舐めるだけになるが、その分柔らかく動けるので、違う快感があるのかもしれない。

「あっ。ん、くぅっ……！」

そしてやはり、秘部に顔を埋められているという羞恥心が大きいのだろう。

それが彼女を気持ちよくしているようだった。

愛液がどんどん溢れてくるのがわかる。

「莉子は……恥ずかしいほうが感じるのかな」

「そんなことっ、んぁ、ないですっ……。店長が、あぁっ！」

寂しそうにしているクリトリスを舌で刺激すると、彼女は身体を跳ねさせた。

こちらは、単純に快感が大きいのだろう。

俺は丁寧に、その淫芽を愛撫していく。

「ひうっ。あっ、だめ、んぁ、ああっ！」

ダメだと言いながらも、抵抗する手の力がどんどん抜けていき、もうされるがままになっていた。

俺はそれを了承と捉えて、さらに愛撫を続けていく。

「あっ、だめっ、ん、んぅっ、ああっ！」

彼女の呼吸が荒くなり、漏れる声も快楽を隠さなくなってくる。

その素直な反応に、俺の気分も高まっていく。

「あっあっ、だめ、ん、んぅっ！　私、んぁ、あ、あああっ！」

溢れる蜜を舐め取り、膣穴に舌を抜き差しし、クリトリスを愛撫していく。

その動きを、彼女の興奮に合わせるようにして、徐々にはげしく激しくさせていった。

「ああっ！　店長っ！　だめ、んぁっ、ああっ！　もう、あっ、すごいっ、んぁっ！　ん、くううぅぅぅ！」

彼女はびくんと身体を跳ねさせる。

イってしまったのだろう。

清楚で大人しい莉子が、俺のクンニで絶頂したのだ。

それは俺をとても興奮させた。

「あっ、あぁ……♥」

彼女は放心状態で、快楽の余韻に浸っているようだった。

莉子自身はまだ、俺との行為を肯定的に捉えているわけではないだろう。

けれどその身体はもう、男とのセックスでの快楽を受け入れている。

俺はそんな、エロくなった美少女を見ながら、激しく欲情していた。

自分がそうさせたのだという興奮。俺を受け入れるためだけの、莉子のエロさ。

清楚な美少女がベッドでエロくなっていく姿というのは、とてもそそるものだ。

挿入への期待が高まるが、しかしそこで俺は一旦落ち着き、彼女に声をかける。

「じゃあ、俺の上に跨がってくれ」

「跨がる、ですか？」

「ああ。莉子が上になって、セックスするんだ」

「セッ――。う、上って……」

彼女は驚愕で言葉を詰まらせるが、俺は服を脱いで仰向けになると、そんな彼女を促していった。

「ほら、乗って」

「う、うぅ……こんなこと……」

彼女は嫌がりながらも、俺の言うことに従う。

ベッドから身を起こすと、莉子は俺の上へと跨がった。

「あぅっ……こんなことさせて、うぅっ……」

彼女は羞恥に顔を染めながら、こちらを睨んできた。

こういう関係になってから、彼女のそういう表情をよく見るようになった。

決していい感情を向けられてはいないのだが、これもただの店長とバイトでは知ることのできなかった彼女の一面だ。

ま、それ以上にエロい一面のほうが、本来は知り得ないものだったけれども。

「ほら、自分で、ペニスをおまんこにハメていくんだ」

「う、店長、最低です……。ただするだけじゃなくて、私から、なんて。そんなことまで要求するなんて……」

彼女は口ではそう言ってくるが、逆らうことなく従ってくる。

「あぅっ……」

跨がった莉子は肉棒を掴むと、腰を下ろしてそれを自らのおまんこへと導いている。

自分がさせていることとはいえ、彼女自身が肉竿を受け入れようとしている様子というのは、すごくいいものだった。

「あっ……ん、くぅっ……」

「うおっ……これは意外と……」

彼女はゆっくりと腰を下ろしながら、肉棒を飲み込んでいく。

ぬぷりと熱い膣内に飲み込まれていくのは、とても気持ちがいい。

自分のペースじゃないというのも、刺激が予想できなくて面白い。

「あっ、ん、くぅっ……うぁ……」

まだ受け入れ慣れていないためか、彼女の中は狭く、腰を下ろす莉子も少し苦しそうだ。けれど、先ほどクンニで一度イっていたせいか、十分に潤ったそこはちゃんと肉棒を飲み込んでいった。

「あ、あぁ……入りましたよ、店長……」

そう言って報告してくる莉子は、やはり機嫌がいいとは言いがたい。

まあ、処女喪失を録画され、それをネタにこうしてさせられているのだから、それも当然だろう。

ただ、俺にとってはそんな彼女の不機嫌な表情も、可愛らしいものでしかないというだけだった。

「ああ……気持ちいいよ……」

「っ……そ、そうですか……」

彼女は俺の言葉に顔を背けると、ぶっきらぼうに言った。

今のはセクハラっぽかったかな、と反省しかけたが、やっていることはそれどころじゃないしな、と思い直す。

「それじゃ、動いてみてくれ」

「動くんですか？」

「ああ。莉子自身が動いて、俺を気持ちよくしてくれ」

「本当、最低です……」

俺の要求に、彼女は呆れたような声で言った。

「んっ、くっ……」

しかし、莉子は言われた通りに腰を動かし始める。

前回のことを思い出しているのか、少し考えるようにしながら、最初はゆっくりと腰を上げて、また下ろしてきた。

引き上げられるときには、カリ裏と膣襞が擦れて気持ちがいい。

反対に、腰を下ろして奥へ入っていくときは、亀頭で柔肉をかき分ける快楽がある。

きっと莉子のほうにも、そんな二種類の感覚が伝わっているはずだ。

「うっ、あぁ……店長、なんだかすごくえっちな顔をしてますね」

「ああ、実際、えっちなことをしてるしな」

彼女の言葉に冷静に応えると、莉子は何も言わずに腰を振っていった。

ああ……いい光景だ。すごくいい。

あの莉子が俺にまたがり、腰を振っている。

この前みたいに犯すのも征服感があっていいが、こうして彼女に腰を振らせるのも最高だった。

「ん……くっ……あぁ……店長の、ヘンタイ……ヘンタイおちんちん……」

そう言って、莉子はこちらを見下ろす。

そんな彼女の表情は、本来ならセックスしているときのものではない。

俺への嫌悪や軽蔑、悔しさの混じったようなものだ。

けれどそんなふうに、心では俺を拒否しているにも関わらず、彼女は俺に命じられるまま騎乗位で腰を動かしている。おじさんチンポを受け入れているのだ。

「ほら、もっとちゃんと動かさないと」

「くっ……あ、うぅっ……!　これで、どうですか」

「ああ、いい調子だ」

俺が煽ると、彼女はこちらを睨むように見ながらも、言われるがままに腰を振っていくのだった。

腰の動きが速くなると、身体自体が跳ねるようになる。

すると、その動作に合わせて爆乳が揺れるのだった。

その光景もまた素晴らしいものだ。

柔らかなおっぱいが、目の前で弾んでいる。

清楚なはずの美少女が、チンポをおまんこに咥えこみながら腰を振り、おっぱいを揺らしている姿なんて、最高にきまっていた。

俺はそんな極上の瞬間を楽しんでいく。

「あふっ、ん、あぁっ……」

俺の上で腰を振っている莉子。

最初は、こんなことをさせる俺への軽蔑や怒りの色が強かったのに、段々と色っぽいものになっていく。

前回よりも感じているようだ。

破瓜の痛みもすでになく、彼女のペースだと言うこともあるのかもしれなかった。

「んぅっ、あっ、あぁ……」

彼女が腰を振ると、膣襞が擦れて肉棒が刺激されていく。

それ自体も最高なのに加えて、俺の上で乱れる莉子の姿がいい。

触覚、視覚の両方から責められて、俺はもはやくも限界を迎えそうになる。

「あふっ、んぁ、あぁぁっ……なんで？　店長の、中で、大きくなってきて、んぁ」

「ああ……莉子のおまんこが気持ちいいからな。もっと頑張りたくなる」

「あうっ、そんなこと、ん、うぁっ……」

莉子は恥ずかしがりながらも、まんざらでもなさそうな反応をした。

彼女自身、自分のペースで快楽に浸っていることもあって、今は少しだけ心が解きほぐされているのかもしれない。

「うっ……おお、すごいぞ」

そんなことを考えていたが、彼女の腰振り快楽によって意識を引き戻されてしまう。

「あくっ、そろそろ……」

「あふっ、ん、あっあっ♥　イキそうなんですね……。それじゃ、ん、しょっ」

「うぁっ！」

彼女は大きく腰を振り、ピストンの速度を速めていった。

肉棒を追い込む淫乱腰振りに、限界間近だった俺はもう耐えきれなくなる。

「あっあっあっあっ♥　ん、くぅっ、あ、すごいのっ、んぁ、ああっ！」

気持ちいいところに当てているのだろう。莉子もイクつもりのようだ。

「う、もう、あぁっ……！　莉子、出るぞっ！」

「あふっ、んぁ、ああっ、最後に大きく、えいっ♪」

彼女が大きく腰を上げたことで、肉棒全体、特にカリ裏が膣襞に一気にぞりぞりと擦り上げられる。

「うあああぁぁっ！」

びゅくんっ、びゅるるるるっ！

その膣襞擦り上げに合わせて、登ってきていた精液が一気に放たれた。

「ひゃうっ、あっ、すごい勢いっ……！」

一気に引き抜かれ、膣口から抜けてしまった肉竿から精液が飛び出し、彼女を白く穢していく。

「あぁ……すごっ、ん、ふぅっ……」

吹き上がる白濁をその身体に浴びながら、彼女は荒い呼吸を繰り返していた。

「はぁ……ふぅっ……ん、あぁ……」

莉子は精液まみれのままで、俺を見下ろしてくる。

「すっごいたくさん出ましたね……こんなに溜め込んで……だから店長はえっちだったんですね」

呆れとも感心ともつかない声で言う彼女を見上げながら、俺は射精後の倦怠感に身を委ねているのだった。

「店長のでベトベトになっちゃいました。お風呂、お借りしますね」

「ああ……」

俺はベッドに横たわったまま頷く。まさかここまでご奉仕してくれるとは。

そして半脱ぎのまま風呂場へと向かう彼女の背中を、じっと見送るのだった。

「店長は、なんでわたしにこんなことをしたんですか?」

シャワーから戻ってきた莉子が、まだベッド上だった俺に話しかけてくる。

「そ、それとっ、もう終わったんだから、おちんちんはしまってください、もうっ」

彼女は恥ずかしそうに顔を背けてそう言った。

さっきまでそれをおまんこに咥え込んでいたのに恥ずかしがるのも変な気がしたが、エロい気分じゃなくなったら、そんなものなのかもしれない。

「何でって……そりゃ、莉子がかわいくて、憧れてたから、チャンスだと思って」

「かわ……そう、なんですか」

彼女は顔を背けたまま、そう言った。

まあ、恋愛対象でもないおっさんに可愛いとか言われても、気持ち悪いだけだろうけど。

実際、俺もこんなこと初めて言ったしな。

こんな状況でなくても安易に褒めたりすると最近は、場合によっては、セクハラ扱いされそうだし。

もうそれどころじゃないことをしているので、彼女には素直に言っても変わらないだろうが。

「店長は、こんなことばかりしてるんですか……?」

莉子は何かを探るように、そう尋ねてくる。

そしてその意味を考えて、俺は答えた。

「いや。本気でこうしたいと思ったのは莉子が初めてだし、脅してまで抱くなんてリスキーなことをしたのも、もちろん初めてだ。だから、誰か同じ状況の子に相談したり、結託したりなんてこともできないよ」

「ふうん、私だけ、なんですか」

俺が言うと、相変わらず顔を背けたまま、彼女が少しぶっきらぼうに答える。

こちらからは後ろ姿しか見えないため、その表情はわからない。

俺は服を着て、あらためて彼女に声をかける。

アメの部分も、ちゃんと見せておかないとな。

「まあ、こんなことをした俺のことは、基本的に信じられないとは思うが……。あと、服はもう着たからこっち向いていいぞ」

そう言うと、莉子はこちらへ向き直った。

シャワー後の莉子は、その肌を薄く色づかせており、艶めかしい。

先ほど着崩していた服にも精液が飛んだ影響で、薄着になっているのでなおさらだ。

思わず二回戦に突入したくなるが、ぐっと我慢した。

「今の俺にとって、莉子のことは最重要だからな……。たいしたことはできないと思うが、困ったことがあったら大人として力になるぞ。多少ならお金とかも動かせるし、困ったら言ってくれていい」

「なんだか、ちゃんとした大人みたいなこと言うんですね」

セックスの対価としてお金を払う、というのがまともな大人かは疑問が残るところだが、莉子の機嫌はそう悪くないようだ。

真面目な彼女は、援交をしようと自ら思うことはないだろう。

けれど、切っ掛けこそ脅しで身体を求めらたけれど、どのみちそこから抜け出せない中でお金がもらえるとあれば、少しはいい印象を加えることもできるだろう。

対価があるほうが、耐えやすいと思うし。

「店長の言うことは、わかりました。何かあったら相談しますね」

「ああ。できることなら協力するよ」

実際、彼女のような高嶺の花の美少女を抱けるなら、たいていのことは聞ける気がした。

これからも、もっともっと彼女といろんなことがしたい。

俺はこれからのことに思いを馳せて、期待を膨らませていくのだった。

そして性懲りもなく、俺はまた莉子を呼び出した。

彼女は不承不承ながらも、俺に従うしかない。

「店長……」

彼女は動画のこともあり、おとなしく従ってはいるが、その顔にはやはり戸惑いや不満が浮かんでいる。

まあ、それもそうだろう。

最初は自分に原因もあったとはいえ、一回で済むと思っていた身体の要求を、何度もされてしまっているのだ。

けれど、莉子のような真面目でおとなしいタイプは、そうそう自爆みたいな手段をとることができない。ハッキリした対策無しでは、行動には出ないはずだ。

不本意ながらも逆らえないというその表情にそそるものがあるが、いちおう聞いておく。

「不満そうだな」

俺が言うと、彼女は少し弱気になりながらも、気を取り直して頷いた。

「そ、それはもちろん……その、むりやりこういうことをされているので、不満にも思いますっ……！」

「まあ、そうだろうな」

俺があっさりそう言うと、彼女は少し安心したような表情になった。

無理矢理エロいことをされることに、完全に慣れはしないだろう。

最初の脅迫もあって、怖いという気持ちもまだあるのだろうし。

これからもエッチするんだしもう少し慣れてほしいが、こうして反抗的な彼女を楽しむのもいいな、という思いも湧き上がってくる。

「それで、今日もその……」

「ああ。今日はもう少し、莉子にわかってもらおうと思ってな」

「わかってもらう……？」

「ああ、今だって、莉子は内心では逃げ出したいと思っているだろう？」

「そ、それは……はい。できるなら」

「でも、そんなことはできないって、しっかりわかってもらおうと思って」

そう言って、俺は彼女に迫っていく。

「て、店長……あの」

「さあ、こっちだ」

俺は彼女の手を引いて、ベッドへと向かう。

彼女は反射的に抵抗しようとはしたものの、無駄だとわかっているので、おとなしくついてきた。

そんな彼女をベッドへ押し倒し、仰向けに寝かせた。

「あ、あの……やっぱりこういうことはもう……」

まだそんなことを口にする彼女に、俺は嗜虐心をくすぐられ、笑みを浮かべてしまう。

「うぅっ……店長？」

邪（よこしま）な微笑みを見て、莉子が小さくうめき声をあげた。

俺はそんな彼女の上へと跨(また)がり、さっそく服に手をかけた。

「やめてほしい、なんて言う子には、きっちりとわからせてあげないとな」

「店長、あぅっ……」

乗られた彼女は、許しを請うようにこちらを見てくる。

俺は彼女の服をはだけさせて、大きな胸を包むブラへと手をかけた。

「あっ、んっ……」

すぐにホックを外して、ブラを外してしまう。

男がみんな憧れるたわわなおっぱいが、ぶるんっと柔らかそうに震えて現れた。

俺は惹かれるように、その乳房へと手を伸ばす。

「んぁっ、あうっ……」

柔らかなおっぱいに手が沈み込む。

両手で揉んでいくと、指の隙間から乳肉がはみ出してきて、とてもエロい。

「うっ、ん、あぁ……」

おっぱいを好きにされて、彼女が声を漏らす。

柔らかな乳房を楽しみながら、もっとしっかりと彼女にわからせてやろうと思った。

俺は下半身の衣服を脱ぎ捨て、肉棒をさらす。

「あっ……」

莉子はそのオスの部分に、複雑な目を向ける。

自らを犯す器官であるそれは、恐怖の対象でもあるだろうが、同時に彼女を女にし、何度も感じさせたモノでもあるのだ。

俺は彼女の上に乗り、その猛った肉棒を胸の谷間へと置く。

「んぅっ……」

そして両手でおっぱいを広げると、その間にしっかりとセットした。

そのまま両手で乳房を寄せて、肉棒を挟みこむ。

「あぅっ、熱い……んっ……」

「うぁ……思った通り、これはいいな……」

肉棒が柔らかなおっぱいに包み込まれる。

跨がった状態での、強制パイズリだ。

仰向けの彼女は抵抗もできず、ただ自らの胸から飛び出る肉棒へと目を向けていた。

むにゅむにゅと手を動かしていくと、それに合わせて形を変えるおっぱいが肉棒を刺激して気持ちがいい。

それに、こうして女性に跨がって押さえ込み、大きなおっぱいを好きにしているというシチュエーションにも興奮する。

なにせ、前から憧れていた巨乳なのだ。

　ボリューム感たっぷりのおっぱいにペニスを包まれている光景は、とてもそそる。

「あうっ、店長、んっ……すごく熱くて、んぅ、硬いのが……」

「ああ。こうやって莉子のおっぱいに包まれてるのは気持ちいいから。ほら、このおっぱいに、しっかりと俺を刻みつけてやる」

　そう言って胸をぎゅっと寄せたまま、腰を動かし始める。

「んぁっ、あっ……くぅっ……」

「うおっ、これ、かなりいいな……」

　強制的なパイズリに、莉子が声をあげる。

　それを含めて、ものすごく気持ちがよかった。

「あうっ、店長のが、往復して、んっ……」

　腰を動かして、莉子の乳まんこを堪能していく。

　膣内と違い、絡みついてくる肉襞はないものの、柔らかな乳房に包み込まれているのは独特の快楽があった。

　そしてやはり、何よりもビジュアルだ。

　露出の少ない制服の上からでも存在感を主張しまくり、みんなの目を惹きつけていた極上の爆乳。

　そこにチンポを挟んでいるという優越感が、俺をたぎらせていった。

「あぅっ、ん、あぁ……」

強制的にパイズリさせられ、ピストンで顔のすぐそばに突きつけられる肉棒を眺めながら、莉子は色っぽい声を出している。

チンポを凝視する美少女。その光景だけでも、興奮するのには十分すぎた。

「もっといくぞ」

「う、んぁっ……！」

ぎゅっとおっぱいを寄せて圧迫感を強めながら、腰を動かしていった。

むにゅっと柔らかく変形する乳房に挟まれながら、肉棒を柔肌にこすりつけていく。

「うっ、あぁ……おっぱいの間で、んぅっ……硬いのがすごく、んぁ……」

両手で胸を押さえて、揉みながら腰を動かした。

彼女はされるがままだったが、胸への愛撫を受け続けているわけで、少しずつ感じてきているのがわかった。

男に跨がられておっぱいを性欲処理に使われながらも、それでも刺激に感じてしまっているのだ。

それがまた、俺の興奮を煽っていく。

「うっ、あっ、あぁ……店長、こんなこと……」

「ぐっ、莉子……そろそろ出るぞ」

「ひっ、待って、ぁっ、んっ、この体勢で出されたら、んぅっ……」

俺の宣言に、彼女は小さく身をよじる。

しかし、それで逃がすはずなどない。

俺はさらに腰の動きを速くして、ラストスパートをかけていった。

「あっあっ……んくっ、胸の中で、跳ねるみたいに動いて、んぅっ……！」

莉子のおっぱいを好きに使っているという興奮と、その包み込まれる柔らかさに限界が近づいてきた。

「あぅっ、ん、くぅっ、あぁ……膨らんで、あっ、すごい、震えて、あぁっ……！」

「出るっ！」

びゅくくっ、びゅるるるるっ！

俺はそのまま、彼女のパイズリで射精した。

「ひゃうっ！　あっ、いやぁっ……！」

勢いよく飛び出した精液が、彼女の胸と顔を汚していく。

「あうっ、ビクビクしながら、すごい飛んできて、うぅっ……」

だぱだぱと放たれた精液が、彼女の肌にねっとりと絡んでいく。

俺はそのまま、おっぱいに精液を塗り込むように擦りつけていった。

「いやぁっ……ぬるぬるして……うぁっ……」

しっかりと俺の匂いを彼女にマーキングしていく。

彼女はまだおっぱいを掴まれた状態のままで、顔に飛んだ精液を手で拭っていた。

「うぅっ。すごくどろどろしてます……手についたのも、ねちょねちょして……」

「莉子……」

美少女が俺の精液をつまみ、いじって観察している。

その光景はとてもエロい。

「あぅ、ティッシュを……」

彼女は精液を拭うために手を伸ばすが、ティッシュには届かない。

「そんなすぐに拭いてしまうなんて。もっとしっかりと刻みつけないとな」

俺は難癖をつけて、そのまま胸に精液を塗り込んでいった。

「ほら、俺が出したものを確実に感じるんだ」

「いやぁっ、店長のヘンタイ……！　そんなにこすりつけられたら、んっ……」

「精液の匂いを染みこませて、誰のものなのか自覚してもらわないとな」

「うぅっ、本当に匂いが染みついちゃいそうですっ……うぅ、こんなの……」

巨乳美少女を好きにすることで、俺の中にあるオスとしての本能が満たされていくのを感じた。

出してすっきりとしたし、今日はこんなところでいいだろう。

もちろん、この先も彼女を手放すつもりもない。

まだまだ、いろんなことができそうだ。

俺は一息つきながら、これからのことに思いを馳せるのだった。

◇

何度か身体を重ね、彼女も関係を受け入れてきた影響だろうか、最近は態度も普通に戻りつつある。

あるいはやはり、仕事仲間に気取られないよう、違和感を減らしたいのかもしれない。

そんなわけで、莉子が俺を避けることはなくなっていた。

もちろん、避けなくなったからといって、いきなり好意的になるわけでは決してない。

彼女にとって、俺はあくまで脅しによってセックスを迫ってくるような人間だ。

だが、それでいい。

本来なら、触れることさえできなかった存在なのだ。

どんな関係であれ、彼女を抱けるというだけで、俺にとっては望ましいことだ。

だから俺は遠慮なく、そんな彼女をまた自宅へと呼んだのだった。

もはや些細な抵抗すらなく、彼女はこれまでよりもずっと素直についてきた。

そんな彼女に、俺はまず飲み物を勧めた。

といっても、カフェで販売している自宅用のドリップバックなので、味は俺たちにとっては特別なものではない。

しかし俺はそこに、小瓶に移し替えていた透明な液体を、少しだけそそいで見せる。

そしてそれを、彼女に出したのだった。

「どうしたんですか、急にこんなこと」

彼女は少し驚いたように俺を見た。

「莉子が抵抗しないなら、別に無理矢理する必要もないしね。少し落ち着いてから、と思って」

「そういうことですか。では、いただきます」

彼女はそう言って、素直にカップを受け取った。

やはり育ちがいいのか、あまり疑うということを知らないようだ。

いや、まあ別に疑うようなものも入れていないから、正しいと言えば正しいのだが。

俺は彼女がコーヒーに口をつけるのを眺めながら、自らも同じものを飲んでいく。

インスタントよりは当然、香りがちゃんと抜けていくものの、店で淹れたもののほうが、やはり味はいい。

まあ、そこまでコーヒーにこだわりがあるわけではないけれど。

ともあれ、俺は彼女がコーヒーを口にしたのを確認してから、しばらく待った。

その間は、軽く雑談などをしていく。

何気なく学園でのことなどを聞いていくと、彼女はやはり、真面目だがおとなしいタイプであるみたいだ。

美人ではあるものの、そう陽キャなリア充側ではないようだった。

美人だけどおとなしい女の子……として、学園でも過ごしているのだろう。

つまりは、バイト先と同じだ。

一部からの整った容姿に対するちょっとした嫉妬は別として、彼女を嫌っているようなバイトはいない。だが、反対にものすごく仲のいい相手というのもいないように思う。

そんな話をしばらくした後、俺は彼女に問いかける。

「ところで……そろそろ、えっちな気分になってこないか？」

「えっ⁉」

俺が尋ねると、莉子は驚いたような声を出した。

「えっと……何を、したんですか？」

彼女の問いに、俺は答える。

「強めの媚薬を入れてみたんだ。ほら、だんだんとえっちな気分になって、敏感になってきてるだろ？」

俺がそう言うと、彼女は軽く身じろぎをした。

「べつに、そんなことは……。あ、さっきのが……」

彼女は否定しようとしたものの、何か感じるところがあったのか、身体を小さく動かしていた。

怪しげな瓶のその中身は少し減っていた。

俺はテーブルに、わざとらしく先程の小瓶を置く。

「な、なんてものを飲ませるんですか……。そんな、媚薬なんて……」

「どんどんうずいてくるだろ？　さ、それじゃベッドに行こうか。どっちにしても、発散させないと収まらないしね」

「店長、最低ですっ……！」

お馴染みのセリフにむしろ嬉しくなり、彼女の頬にそって手を当てた。

「ひうっ！　あっ……」

莉子はびくんと大きく反応をした。……ずいぶんと、効いているみたいだな。

でも実際には媚薬なんか、実は入っていない。ただのお遊びだった。

彼女は思っていたよりも、ずっとえっちな女の子なのかもしれないな。

「ほら……」

「わ、わかりましたから、んっ、触らないでくださいっ……今触られると、んっ……変な気分になっちゃいますっ……」

すっかり敏感になった彼女と一緒に、ベッドへと向かう。

「う、うぅっ……」

彼女は顔を赤くして、もじもじとしながらこちらを見ている。

「ほら、鎮めてやるから服を脱いで。どんどん敏感でえっちになってきてるだろ？」

「鎮めるって、んっ、店長が変なもの飲ませるからじゃないですかっ……」

彼女はそう言いながらも、素直に服を脱いでいく。

いつもどおりの可愛らしい制服がはだけられ、肌が見える。

その様子を、俺は楽しく眺めていた。

本当に媚薬なんてもので敏感になっているなら、服を脱ぐのも大変だろうに。

「店長も、早く……」

「ああ。莉子は待ちきれないんだな」

「ち、違いますっ！」

全裸になり顔を赤くしてそう言う彼女だが、その様子からはもう色気が感じられる。

彼女のスイッチは入っているのだろう。

俺も服を脱ぐと、そのまま彼女をベッドへと押し倒す。

そしてまずは、頬から首筋へと撫でていった。

「ほら、こうやって撫でられると、いつもより敏感になっていくだろ？」

「あっ……そんなこと、んっ……」

彼女はくすぐったさと気持ちよさを感じているようで、そのまま小さく身体を揺らしていた。俺はそんな彼女の身体を、そっと撫でていく。

首から鎖骨、そして肩へと、そのなめらかな肌を楽しんでいった。

「んっ……ふっ……」

いつもは莉子のような美少女を前に性急になりがちだったが、今日はあえてゆっくりと彼女の身体を撫でて、お互いを高めていく。

「うぁ……あっ、店長……」

「どんどん、気持ちよくなってくるだろ？　普段から露出してるような普通の場所でも、敏感になってくるはずだ……」

「う、あぁ……そんな」

彼女は否定とも肯定ともつかない声を上げて、撫でられるままになっている。

言葉がなくても、その反応を見れば明らかだった。

俺は肩から背中へと手を滑らして、満遍なく撫でていく。

「んっ……」

背中を撫でる手を前へと回し、けれどおっぱいにはあえて触れずに、乳房の下あたりを刺激していった。

「はぁ、ん、あぁ……」

そこからお腹へと手を回していく。

「んぁ……あっ、店長……」

「どうした？　もうそんなに気持ちよくなってきてるのか？」

「それは……んっ」

明確には答えず、彼女は視線をそらす。

その可愛らしい反応に、俺は満足していた。

彼女の身体をなで回し、けれど肝心なところには触れないまま、緩やかな愛撫を続けていく。

「あっ……んっ……ふっ……」

そんな焦らすような動きに、小さく声を漏らしている。

いつもよりずっといいその反応は、俺の機嫌を良くしていった。

「ふぁ……ん、あぁ……」

彼女の全身を撫で回し、その敏感になった身体を楽しんでいく。

そして十分に莉子が仕上がってきたところで、俺は下半身へと移動して、一番敏感なところへそっと触れた。

「ひぁあっ♥」

莉子はぴくんっと可愛らしく反応してから、潤んだ瞳で俺を見つめる。

「店長……んっ……あっ」

クリトリスをそっと撫でると、身体をビクンと震わせた。もうたまらないらしい。

「う、あぁ……そこ……あっ」

おまんこからはすでにとろとろと蜜が染み出しており、その粘性の多さでいつも以上に感じているのがわかった。

「あふっ、ん、あぁ……」

俺は丁寧に彼女のアソコを愛撫していく。

クリトリスをいじるたびに溢れてくる大量の愛液。

膣口を軽くいじると、彼女はついに甘い声をあげた。

「んぁっ♥　あっ、あうっ……」

「どうだ？　どんどん気持ちよくなって、チンポを挿れてほしくなってきたか？」

「そんなことっ……ないですっ、んぁ、ああっ……！」

「その割には、ずいぶん気持ちよさそうだけどな」

「それは、んぁっ……店長が、変なものを飲ませるからっ」

媚薬のせいだと思い込んでいる彼女は、気持ちよくなっていることに対しては否定せずに受け入れている。

俺は内心で笑みを浮かべながら、そんな彼女を愛撫していった。

「んぁっ♥　あっ、だめっ……店長、んぅっ、あっあっ♥」

莉子の嬌声はますます大きくなっていき、身体も細かに震えている。

媚薬のせいだという建前がある彼女は、いつもとは違い大胆に喘ぎ、感じている姿を見せてくれていた。

「んぁ、あっ、だめっ、んぅっ、あああぁぁぁぁっ♥」

そして身体を揺らしながら、可愛らしく絶頂する。

「あふっ、んぁ、あぁ……♥」

そんな彼女を見せられれば我慢できるはずもなく、俺はイッたばかりである莉子の足をがばりと開かせる。

「んあぁ、うぅっ……こんな格好……」

「はしたなく足を広げた上、おまんこを突き出した恥ずかしい格好だな」

「うぅっ……♥」

「それなのに、莉子のここからどんどん愛液が溢れてきてるし、中もヒクヒクといやらしく動いてるぞ。欲しいんだろう？」

「うぅっ……それは、んぁっ……」

彼女は恥ずかしそうにするものの、その快楽は隠し切れていない。

物欲しそうなおまんこに、俺は猛りきった肉棒を宛がう。

「あっ……♥」

それを感じ取った彼女が、ふいにエロい声をもらした。

普段なら耐えていただろう、メスの声だ。

「どうした？　チンポを突きつけられると、身体が火照ってくるか？」

「うっ……はい。今は、あっ、すっごく、うぅっ……」

彼女はやっと、素直にそれを認めた。

「へえ、素直なんだな。そんなに挿れてほしいのか？」

「うぅっ、店長が、んっ、媚薬なんて飲ませるからっ……。これは、そのせいですっ……あぅっ……♥」

「ふうん。まあ、俺としては莉子がエロくなってくれるなら、何でもいいけどな」

俺はそう言ってうなずくと腰を突き出し、おまんこを貫いた。

「んはぁぁぁっ♥　あっ、すごいっ、あうっ、んぅっ……」

「エロいってことを受け入れると、もっと気持ちいいだろ？　ほら、エロエロおまんこで、もっとペニスを感じろ」

「んぁっ！　あ、うあぁ……♥　店長の、んぁ、硬いのが、中にぐいぐいきてっ……あうっ、ん、あぁ！」

「そんなぼかすような言い方じゃなく、はっきり口にしたほうがいいぞ。ちゃんと欲望を解放していかないと、媚薬の効果も切れないだろうし、な！」

「んあぁぁぁっ♥　あ、だめっ、んぁ、店長っ……♥　あっ、硬いの、んぁ、おちんちんで、奥、突くの、んはぁっ！」

乱れる彼女の様子に、俺の興奮は増していく。

屈曲位の状態なので、いつも以上に奥を突ける。

俺は自らの体重も使って、莉子のおまんこを深く突いていった。

「んはぁぁぁっ♥　あっあっ♥　おちんちん、おちんちんがズブズブッてこすってきて、んぁっ♥」

清楚な彼女が、その肉欲を受け入れて、はしたないことを口にしながら喘いでいる。

チンポに貫かれ、それを喜ぶように乱れている彼女は、俺の欲望を満たし、さらに高めていくのだった。

その興奮のままピストンを行い、中をさらにえぐっていく。

「ひうぅぅっ！　あっ、んぁっ……すごいのっ。私のおまんこ、ぐちゅぐちゅにかきまわされて、あっ、んうっ……！」

「ああ、こうやって、奥まで、ほらっ！」

「あぁっ、んはぁっ！　こんなの、あぁっ……。媚薬、すごすぎて、どんどんえっちにされちゃうっ……！」

「そうだな。今の莉子は、すっごくエロいぞ。たくさん感じて、メスって感じだ」

「うぁっ、あぁ……。だってこんなの、んぁ、あうっ……気持ちよすぎて、んぁ」

「これだけ感じていれば、そろそろ効果も切れてくる頃かな？」

抽送を行いながら尋ねると、彼女は快楽に溺れながらも首を横に振った。

「ぜんぜんっ、んぁっ♥　切れないよぅっ……。あふっ、ずぽずぽ突かれるの、気持ちよすぎて、んぁっ……」

「そうか」

俺は笑みを浮かべながら、荒々しく腰を振っていく。

肉棒が往復し、突き出されたおまんこを犯していく。

莉子はエロい格好と表情で、突かれるままになっていた。

「んぁっ♥　あっ、あふっ、あ、んはぁぁっ！」

ピストンに合わせて彼女が喘ぎ、快楽に身悶える。

もうすっかり感じ入って、いつも以上に乱れていた。これが清楚な彼女の本性なのだと思うとそそる。

俺は少し後ろ暗い快感を覚えながら、そんな彼女に教えてやる。

「本当は媚薬なんてないけどな。そんなものがあるなら、最初から動画で脅す必要なんてないだろう？」

　俺がさらりと言うと、彼女はよくわからない、というように呻く。

「え？　あ、んぁっ♥　あうっ、ん、あぁっ……！　媚薬、だって、ん、あぁ、これ、こんなに気持ちよくて、んくぅっ♥　私の身体、んぁっ、敏感でえっちになっちゃってるのに、んぅっ」

　莉子は混乱しながらも、快感に声を漏らしていく。そんなエロい彼女に、はっきりと事実を突きつけた。

「媚薬なんてない。ただ、莉子がえっちな女の子だから感じているだけだ」

「そんなことっ……！　ん、あぁっ、ダメ、あ、んくぅぅっ♥」

　驚いた様子の莉子だったが、それもすぐに快楽に塗り替えられていった。

「嘘ですっ、そんなの、んぁ、あふっ。だってこれ、んぁっ、おちんちん、こんなに気持ちよくて、あうっ」

「ああ。それは莉子が媚薬のせいだからと後押しされて、素直になっただけだ。ほら、セックスってのは、おじさん相手でも気持ちいいだろ？」

「う、うぅっ……」

　媚薬が嘘らしい、とわかった莉子は、また恥ずかしそうにしてしまう。

　ここまでは媚薬のせいだからと欲望を解放していたのが、ただの淫乱だったとわかってしまい戸惑っているのだろう。

けれど、敏感になった身体は、もうこのままでは収まらない。

「んはぁぁっ♥　あっ、店長、だめっ、んぁ、ああっ！」

ピストンを行っていくと、彼女はまた嬌声をあげる。

媚薬がただの思い込みでも、快楽は本物だ。

「あっあっ♥　だめ、んぁ、私、んうっ、イクッ！　イっちゃいますっ♥」

「ああ、好きにイッていいぞ。ほらっ！」

俺は容赦なくその蜜壺をかき回し、膣襞(ちつひだ)をこすりあげていく。

蠢くその襞に包み込まれ、俺も限界が近づいていた。

「あっあっ♥　だめ、んぁっ、こんなの、私、んぁ、ああっ！　あっ、イクイクッ！　んくううぅぅぅっ♥」

「う、ああっ……だすぞ！」

彼女が絶頂し、その膣内が震えながら締まってくる。

子種をねだるようなその絞り上げを受けて、俺も耐えきれずに射精した。

「あっ、あぁっ♥　熱いの、いっぱい出てるっ。びゅくびゅくっっ、んぁ、私の中に、あうっ……♥」

「あぁ……吸われる……くぅ。若い子は……ほんとにすごいな」

射精中の肉棒をしっかりと締め上げてくる莉子のおまんこに促されて、俺もきっちりと精液を子宮へと注ぎ込んでいった。

「うぅっ……私、こんなの……あぁ……」

媚薬だと嘘をつかれ、淫らな姿を見せてしまったことにだいぶショックを受けているようだ。

だが、同時に、どこか吹っ切れたような気配もあった。

「私は、もうすっかり、えっちな女の子になっちゃってたんですね……店長」

気だるげにそう呟き、色っぽい表情を浮かべる莉子。

「ああ。だけどセックスを受け入れれば、否定するよりずっと気持ちよかっただろ？」

そう言いながら、俺は射精を終えた肉棒を引き抜く。

名残惜しそうに収縮を繰り返しているおまんこから、ずりゅり……と抜け出てくるのもまた気持ちが良い。

肉穴から解放された瞬間、ぴゅくっっと、最後の一絞りが秘裂に向けて噴き出した。

今日もまた、美少女の身体に存分にマーキングできたことに満足する。

「んぅっ♥　うぅ……はい……」

羞恥はまだまだ残しながらも、莉子も自分のエロさを認めたようだ。

そして、ゆっくりと俺を見上げてきた。

「気持ちよかったです、すごく……」

その顔はとても妖艶で、俺は思わず引き込まれてしまう。

エロさを認めた彼女は色気のある女の顔をしていた。

もしかしたら……俺は彼女を目覚めさせてしまったのかもしれない。

これから先、淫らであることを受け入れた彼女は、どうなっていくのだろう。

「あふっ、うぅ……」

しっとりと汗ばんで呼吸を整える、色っぽい莉子を眺めながら、俺は期待に胸を高鳴らせていたのだった。

第三章　見せつけながら

偽媚薬で楽しみ、莉子のエロさが一皮剥けてから、また少し時間が過ぎていた。

脅迫や媚薬などなくとも、彼女自身がセックスに感じていて、乱れるようになったという事実を突きつけてからというもの——。

莉子はなんだか、ずいぶんと素直になっていた。

あんなにも俺を避けていたのが嘘のようだ。

今では気さくに接してくれるし、彼女のほうから楽しげに話しかけてくることもある。

俺のことも、店長と呼ぶだけじゃなく、「哲さん」と名前で呼んでくることが増えたし。

快楽を自覚したことで、意識に変化があったのかもしれない。

一方的に襲われて搾取される関係から、共にいけないことを楽しむ共犯になった、とかだろうか？　なんだか、そんな感じだ。

いずれにせよ、俺にとっては歓迎すべき変化だった。

莉子のような、真面目でおとなしい美少女に睨まれたり、嫌がられたりするのもそれはそれでいいものだが、やはり笑顔を向けてくれたほうが気分がいいものだ。

そんなわけで穏やかな生活を送りつつ、莉子とはいつでも身体を重ねるという、良いことだらけの日々になっていたある日。

俺の元に、ひとりの少女が現れた。

なにやら、ここ最近頻繁に店に来ていたお客らしい。ついには「狩野という店員を出せ」という話をしたそうなので、ひとまずこうして別室に呼ぶことにしたのだった。

言葉ではひとまず急な非礼をわびた彼女だが、しかしそれからもずっと、こちらにぶしつけな視線を向けている。

和泉と名乗った彼女は学生で、校則に違反しない程度にという感じで、髪を染めておしゃれをしている。見た目からすると、いわゆるリア充側なのだろうなと感じさせる。

ギャルとまではいかないものの、少しそっちよりなので、俺としては苦手なタイプだ。

そんな彼女は、気の強そうな目を俺に向けて話を始める。

「あんたが……店長なんだってね」

「はあ、そうですが……。店長の狩野と申します」

俺は困ったような声を出して、対応する。

彼女はそんな俺を、睨むようにして見てくる。

そんな彼女から話を聞いていくと、どうやら莉子の友人らしい。

そして、最近様子の変わった莉子を心配している、ということだった。

なるほど……という感じだ。

だいぶ明るくなってきた莉子だが、それ自体が大人しかった以前とは違う雰囲気だろうとは思う。もちろん、その直前までは脅されて落ち込んでいたわけだしな。

莉子自身が言い出さなくても仲の良い子なら、そんな急な変化には当然気づいてしまうだろう。

と、他人事のように思ってみたが、もちろん全て俺のせいだ。

困ったことに、彼女はここ最近の莉子を観察しつつ、店内での俺との関係を見ていたようだ。そしてついに、俺に対する態度が特別だと見抜いたらしい。

うーむ。

間違っていないだけに、やっかいなところだ。

「莉子に、何かしたんじゃないでしょうね」

彼女は俺を威嚇しながら、はっきりとそう尋ねてくる。

実際、いろいろとしているのでその勘は正しいのだが、当然こちらとしては認めるわけにもいかない。

「ご質問の主旨はよくわかりませんが……でも、ここ最近の山城さんはとても明るい気がしますよ。店としても助かっています。それは、良いことではないでしょうか？」

俺はあくまで店長として、そんなふうにとぼけてみる。

ちょっと前の、脅しているときに来られていたら完全にアウトだったが、今の莉子はむしろ前よりも楽しそうだ。きっと、なにかあっても俺に合わせてくれるはず。

俺とのセックスにも慣れ、性行為に喜びを見いだしてくれたからだろう。

あの覚醒のときからは、色気もぐっと増しているような気がする。

もちろん、事情を何も知らずに毎日見ていれば、違和感はあるだろう。

そこまで大きな変化ではないが、親しい友人なら気になるのかもしれない。

俺としては、セックスのときに積極的になってくれたし、素直に乱れてくれるし、正直かなりエロくてうれしいところだ。

と、ついつい莉子の艶姿を思い出していたが、目の前の少女はまだ、こちらを睨めつけていたのだった。

「たしかに、今は明るくなったけど……」

彼女は腑に落ちない、といった様子で、こちらを見ている。

「あるいは山城さんは、なにか仕事で悩みがあったけれど、もう片付いたのかもしれませんね。勤務中の感じでは、問題なさそうですよ」

そんなふうにうそぶいて、俺は彼女を交わしていく。

「でも、あなたにだけ、莉子はずいぶん懐いているみたいですけど。あんな態度が、アルバイトでも普通なんですか？　その……あれではまるで特別な……」

彼女は言外に、個人的に何か関わっているのでは、と問い詰めてくる。

図星だからこそ、困ったものだ。これ以上は、絡まれたくないな。

彼女が、俺の苦手なタイプだというのもやっかいだった。

「ねえ、莉子に何をしたの？」

そんな俺の反応を見て、彼女はますます強気にこちらを責めてくる。

この、相手の弱い部分を嗅ぎつけて責めてくる感じも、気に入らない。

「何かしたでしょ。すごく怪しい」

そう言って、こちらをまた睨んでくる少女。

チャラチャラした女子の責めるような視線は、いやなことを思い出させる。

自分の正義のためなら、誰を傷つけても構わない。そんな、学生時代特有の、リア充たちの傲慢さが見てとれた。

俺は反射的に、そんな彼女にわからせてやりたい、という欲望が湧き上がってくるのを感じた。

今は、この部屋にふたりきりだ。出来るかもしれない。

しかし……。

見たところ彼女は気が強そうで、それ自体はこの場ではどうということもないのだけれど、ここで何かをしたとして、泣き寝入りすることはなさそうだった。

自爆覚悟で――あるいは考えなしで突っ込んでくる気もする。

汚しても、その傷さえ同情を集めたり、勲章として自慢したりというような、そういう相手だという臭いを感じる。

だから手は出せない。

そもそも、憧れていた莉子ならばともかく、目の前の少女にそこまでの魅力は感じない。鼻を明かしてやりたいという気持ちはあるが、ただそれだけだ。リスクまでは冒したくない。

さて、それならば……。

「ねえ、何をしたの？　莉子も変にニヤニヤしてることが増えたし……」

彼女はなおも俺を問い詰めようとするが、その様子を見ながら考える。

莉子を心配だと言う彼女の、その奥底にあるものについて。

彼女は単に、初心で弱気だった莉子に普段から優位性を感じていて、自分が守るという名目で優越感に浸っていただけの関係なのではないだろうか。

実際の莉子は、もうずいぶん大人だというのに。

そして俺は、内心ほくそ笑みながら告げる。

「わかりました。彼女の様子が気になるなら、ここに隠れて観察してはどうでしょう」

そう言って、俺は部屋の端を指さす。

そこは荷物が積まれ、仕切るためのカーテンだけが簡単に掛かっている。

その内側に隠れて隙間から覗けば、この部屋の様子を観察することができるだろう。

「そろそろ、山城さんの上がり時間です。今から報告に来るはずですよ。自分の目でお確かめください」

「そう、ね……」

彼女は少しいぶかしみながらも、のぞき見という行為への誘惑を振り切れなかったのか、うなずいた。少女が部屋の隅に隠れたのを見て、笑みを浮かべた俺はスマホをいじり、莉子が来るのを待つのだった。


「哲さん」

バックヤードに入ってきた莉子は、後ろ手にドアを閉めながらこちらを見た。

その目はわずかに期待で潤んでいるようだった。

彼女は部屋の中をチラリと見て、他に誰もいないのを確認すると、そのままこちらへと近寄ってくる。

そんな彼女を抱き寄せて、軽くお尻を撫でる。

「もう、哲さんはヘンタイですね……」

莉子は嫌がるでもなくそう言うと、その豊満なおっぱいをぎゅっと俺に押しつけてくるのだった。

「この時間は他の人がいないからって……もうっ」

口ではそう言いながら、彼女自身も乗り気な様子で俺の身体を撫でてきた。

俺はスカートをまくり上げながら、そのお尻をなで回していく。

「気が早いですよ、哲さん」

「うっ……」

彼女はそう言いながら、俺の股間へと手を伸ばしてきた。

そしてズボンの上から、反応しつつある肉竿をなで回してくる。

彼女の手で触られて、血液が集まってきてしまった。

「哲さんのおちんちん、ズボンの中で苦しそうにしてますね」

「ああ……」

「ほら、出してあげます」

彼女はそう言うと、俺のズボンの前をくつろげて、てきぱきと肉棒を取り出した。

「わっ、もうこんなに勃っちゃってる♪」

楽しそうに言った莉子は、そのままにぎにぎと肉竿を刺激してきた。

彼女の手が俺のチンポを楽しそうにいじっている。

少し前とはまったく違うその様子は、俺を高ぶらせた。

おとなしく清楚だった彼女が、俺の肉棒でこんなにもエロエロになってしまったのだ。

男としての優越感が、気持ちよさと一緒に湧き上がってくる。

「確かに、ここにこんなにえっちな気持ちが溜まってたら、集中してお仕事できませんからね。んっ♥　ちゃんと鎮めてあげないと♪」

そう言いながら、彼女はしこしことて手コキをしていく。

「おうっ……あ、そんな急に……おおっ」

始めの頃とは違い、もうすっかりチンポになれた手淫だ。

俺はその気持ちよさを感じながら、下着越しに彼女の割れ目へと触れる。

「莉子も、もう濡れてるみたいだな」

「あんっ♥　だって、哲さんがえっちなことしてくるし、おちんちん、こんなに硬くしてるんですもの」

そう言いながら、誘うようにお尻を振ってきた。

俺はそんな彼女の期待に応えるように、下着の中に手を忍び込ませ、潤んだ割れ目を直接撫でていった。

「んぅっ♥　あっ、んっ……」

そして割れ目を押し広げ、その中へ軽く指を出し入れする。

「んっ、あ、哲さん、あっ、ふぁ……♥」

彼女はとろけた声を出しながら、こちらへと身体を預けてくる。

俺はそんな彼女のおまんこをくちゅくちゅといじっていった。

愛液が俺の指を濡らし、ふやかしていく。

「あふっ、んっ、あぁ……」

彼女の興奮に合わせて、手コキも勢いを増していった。

「莉子、そっち」

俺は一度指を抜き、ショーツからも手を出すと、彼女のスカートを脱がせながらテーブルを示した。

「はい」

彼女はそれだけで意図を察して、テーブルに手をついて、お尻をこちらへと向けた。

丸みを帯びたお尻が、突き出されたままこちらを誘うように揺れる。

俺はそんな彼女に、後ろから覆い被さるようにして、まずは胸元をはだけさせた。

「あんっ♥」

彼女は抵抗することなく、けれどせっかく突き出したおまんこを無視したことに抗議するかのように、下着越しのお尻をこちらへとこすりつけてきた。

「うっ……」

ショーツに包まれた尻肉が、肉棒を気持ちよくこすってくる。

彼女はさらに背伸びするように角度を調節して、肉棒へと割れ目をこすりつけようとしてきた。

あまりにもえっちなその振る舞いに、俺の欲望も抑えきれなくなってしまう。

俺は手を戻し、彼女の下着をずらしていく。

膝くらいまで下ろしたところで、もう十分に濡れているそのおまんこを、指先で軽く開いた。

「んぁっ♥　あぁ……」

「もう待ちきれないって感じだな」

「はいっ……だって、んっ……」

俺はそんな彼女の腰をつかむと、たぎっている肉棒を、熱い膣口へと宛がった。

「哲さんのおちんちんも、我慢できなそうです」

「ああ。そうだな。いくぞ」

「はいっ、んくぅぅっ！」

腰を押し進めると、肉棒がおまんこに埋まっていく。

膣襞は肉棒を喜ぶように、ねっとりと絡みついてきた。

「んぁ、あふっ……♥」

莉子も気持ちよさそうにそれを受け入れて、甘い声を出している。

俺はゆっくりと腰を動かし始めた。

「あっ♥ んっ、こんなところで、あぅっ……しちゃってるっ……。もしかしたら、んっ、誰か来ちゃうかもしれないのに……」

「大丈夫。この時間は、休憩にくる人もいないしな。まあ、莉子が大きな声を出しすぎて、異変に気づかれなければ、だけど」

そう言いながら、俺は腰を強く突き出し、膣奥まで一気にペニスを届かせる。

「んひぃっ♥ あっ、だめぇっ……んぁ、それなら、もっとゆっくりっ、んぁ、あっ、ああっ！」

腰を往復させると、彼女が言葉だけで止めてくる。

「でも、こっちのほうが気持ちいいだろ？」

そう言って、俺は力強く膣内を犯していく。

「んはぁっ！ あっ、そうだけど、んぁっ、気持ちいいから、だめなんですっ。んぁ、哲さんのいじわるっ……！」

彼女はそう言うものの、その声はむしろ嬉しそうだ。店内は音楽もかかっているし、実際、誰かがこの部屋の異変に気づくことなどないだろう。

なにかトラブルでもない限り、店の人間はこっちにはこない。

だから莉子はふたりっきりのときのように、俺とのセックスを楽しんでいる。

これが今の彼女だ。

守ってあげるなんていう上から目線なお友達を周回遅れにしているような、エロくて最高の美少女なんだ。

「あふっ、んっ、あっ♥　哲さん、なんか、すごく興奮してません？」

俺の腰ふりに、彼女はそう尋ねてくる。

「莉子だってそうだろ？　店の中でするスリルを楽しんでる。もしかして、誰かに見られたいのか？」

「そんなこと、ん、あぁ……♥」

彼女は首を横に振るが、身体のほうは誘惑に素直だった。

「口では否定しても、おまんこがきゅんきゅん締めつけてきたぞ」

「いやぁ……♥　そんなこと、んっ、ないですっ。ただ……」

「ただ、なんだ？」

「あんっ、哲さんのおちんちんが、気持ちいいだけですっ♥」

それはそれで、嬉しい話だ。

俺はそのまま、後ろから彼女を突いていく。

「んぁっ、あっ、あぁ♥」

彼女は気持ちよさそうに喘ぎながら、ピストンを受けていた。

「あふっ、んぁ、すごいっ、あっあっ♥」

そして快楽に乱れていく。

そんな状況に耐えきれなくなったのか、後ろのほうからガタリと音がした。

「んぁ、あっ……ん？」

その音に、莉子がこちらを振り向いた。

正確にはこちらではなく、物音がした俺の後ろだ。

「あっ、ああっ！」

彼女は驚きの声をあげる。

それもそうだろう。

誰もいないと思ってバックヤードでセックスしていたら、クラスメートがそれを見ていたのだ。

チラリと確認してみたが、友人のほうも当然驚いていた。

おとなしく真面目な友達が、バイト先でおっさんのチンポに貫かれ、気持ちよさそうに喘いでいるのだ。

生意気だったその顔が、蒼白になっているのがちらっと見ただけでもわかった。

「いやっ！　あ、だめっ、だめぇっ……！」

友人の姿を目にした莉子は、激しく首を横に振る。

俺はそんなことお構いなしに後ろから蜜壺を突いていき、その中をぐちゅぐちゅとかき回していった。

「んぁっ♥　だめぇっ、見ないで、こんなの、あっ、あぁっ……！」

快楽に蕩けた莉子の声と表情。それを見た友人は固まったままだ。

どちらにとってもショッキングな光景だろう。

俺はそんなふたりに気を良くして、腰を振っていくのだった。

見つかってからというもの、莉子の膣内はぎゅっとしまり、さらに肉棒を求めているようだった。

「あ、あぁっ♥　だめ、やめっ、んはぁっ！　あっ、あぁっ……♥」

そこを突いてやると、彼女は嬌声を上げて感じてしまう。

見られているとわかった後も、セックスを止められない。

「…………っ！」

がたり、と音を立てて、友人が駆けていった。

止める間もなく、彼女は姿を消してしまう。

「あ、あぁ……」

その姿を見送る莉子を、俺はさらに激しく責め立てていった。

「ひうっ、あっ、哲さん、あれ、んぁっ、ああっ！」

「さっき店に来てた、莉子の友達だな……」

「私っ、見られて、あっ、あぁ……♥」

彼女はやはりショックを受けているようだが、おまんこはむしろ絶好調だった。

「う、あぁ……すごい締めつけてくるな」

「んはっ♥　あっ、あぁ……」

「もしかして莉子、見られて感じたのか？」

「そんなこと、んぁ、あうっ……私、んはぁっ♥」

口では否定しているものの、膣襞はしっかりと肉棒をくわえ込んで蠢いている。

「あっ、んはぁっ……あうっ……」

彼女は快楽に流されて、そのまま立ちバックで犯されていく。

「うぅっ、大変なのに、私、あっ、んあぁっ♥」

羞恥で感じている莉子は、とてもエロい。

俺は興奮に突き動かされるまま、美少女のお尻へと腰を振り続ける。

「んはぁっ！　あ、あぁっ！　だめ、哲さっ、んぁ、ああっ♥」

「う、あぁ……でも、ほら。もうけっこう限界だし、おおおっ！」

「それどころじゃ、う、あぅっ……♥　それなのに、私っ、あぁっ……。こんなに感じて、う、あうっ♥」

「いいじゃないか。見られて感じるヘンタイでも」

「いやっ♥　私、そんなんじゃ、あぁ……そんなんじゃ、ないのにっ、んくっ！　あっ、だめっ、んあぁっ！」

彼女は必死に否定するが、熱を増す身体はますます盛り上がっている。

いつも以上に乱れている彼女に、俺も興奮してしまう。

「あっ、やっ、だめっ、そろそろっ♥　んぁ、あっあっ……。私、んぁ、あっ、イっちゃう♥　んぁっ！」

「うくっ、俺も、うぁっ……出るぞ！」

「んひぃっ♥」

興奮のまま腰を速めていくと、彼女のほうも嬌声を激しくしていく。

「んはっ♥　あっ、ああぁっ……！　イクッ！　もう、んぁっ、イキますっ！　あ、んぁ、はぁんっ！　もうイク！　はや……くっ！　おねがい！　だ、出してぇええぇ！」

「う、くっ……うぁっ……しまる……」

激しくうねる膣襞がペニスに絡みつき、射精を促してくる。

俺はその期待に応えるべく、おまんこに肉棒を何度も打ちつけていった。

「んはぁぁあっ♥　あっあっ、もうイクッ！　あ、んぁ、イクイクッ！　んくぅっ、イッ

クゥウゥウゥウゥッ！」

バックヤードで犯され、彼女が絶頂する。

膣襞がこれまで以上に蠢いて、肉棒を絞り上げてきた。

「うおっ」

びゅくっ、びゅ、びゅるるるるるっ！

俺はその絶頂締めつけに耐えきれず、そのまま膣内で射精した。

「あふっ♥　あぁ……哲さんのザーメン、んぁっ♥　私の中に、ビュルビュル出ちゃってるぅっ♥　見られちゃったのに……こんな……あふっ……♥」

彼女はうっとりとそう言いながら、身体の力を抜こうとした。

俺はそんな莉子を支えて、抱き寄せる。

「あふっ、あ、あぁ……♥　哲さん……♥」

そして快楽の余韻に浸る莉子を、そのまましばらく抱きしめているのだった。

○

先日の件で友人に見られたこともあって、莉子は少し消極的になってしまった。

俺が意図したことだが、友人に見られたのは事実な訳で、やり過ぎてしまったみたいだ。

見られた直後はその羞恥も快楽になっていたようで、それは狙い通りだったものの、冷静になった後ではけっこう悩んでいるらしい。

バイトには出てきているものの、悩みのせいでぼーっとしていることも増え、ミスをしていた。

ミスの内容自体は些細なものだし、普段から真面目だということもあって、周りの子たちも怒るというより心配している様子だ。

ともあれ、その状態は決して良いものではない。

なにより俺としても、あまり沈んでいる莉子は見たくないしな。

そう思って呼び出すと、彼女はちゃんと家までついては来たものの、やはり乗り気ではない様子だ。

「哲さん……」

彼女は暗い表情で俺を見上げると、言葉を続けた。

「もう、やめてほしいんです。その、私……」

これまでも、彼女が乗り気でないことはあった。

そもそも最初なんて、脅して無理矢理したわけだし、気が強いとはいえない彼女が「最低」とまで罵ってくるくらいだったのだ。

しかし、今の彼女は、そのときよりももっと困っているように見える。

「なんでそんなこと……言うんだ？」

セックス自体は好きになってくれたし、俺のことをまだ名前で呼んでくれてもいる。

こんな状況でも、莉子との関係は破綻していない。だが、抵抗が生まれてしまっていた。

「だって……あんなことして、見られて……私……」

「なにか言われたり、いじめられたりしてるのか？」

自分の悪行をすっかり棚に上げて、そう尋ねてみる。

けれど彼女は首を横に振った。

「いえ、言いふらされたりはしてませんけど……でも……」

彼女は歯切れ悪くそう言った。

まあ、おっさんとセックスしているところを見られて平然としているというのが無理な話ではある。あの友達のほうも、おとなしかった莉子の女の姿を知ってしまった戸惑いもあるだろう。友人のセックスなんて、普通なら一生見るモノではない。

「その、だからもう、えっちなことは終わりにして……」

そんなふうに言う彼女だが、俺としてはもちろん、彼女を手放すつもりなんてない。

「そうは言うけどな……」

朴念仁の俺でも、なにかがひっかかる。莉子は、この関係をどうしたいのだろうか。

考えがまとまらない俺はつい、前のように動画のことをひっぱり出す。

「り、莉子とのことを撮影した動画が、こっちにはあるんだぞ」

そう言ってしまうと、彼女は言葉を詰まらせた。

「それは……そう、でしたね。哲さんは……」

「いや、すまん。そういうことじゃないな……」

悲しそうにする彼女を見て胸が痛み、俺は方針を変えた。

押しに弱いのは変わらないようだが、今の彼女には素直に、必要だってことを伝えたほうがいいかもしれない。

「俺は、これからも莉子と一緒にいたいんだ。だから、いいだろ？」

そう言って迫ると、彼女はすぐにうなずきはしなかったものの、態度を軟化させた。

「でも……」

「どのみち、俺が莉子の学園と関わることはない。すまなかったよ」

あの少女がどこか、莉子に対して所有物のような雰囲気だったのも、気に入らなかったのだ。それでつい、密な関係を見せつけるようにやり過ぎてしまった。

「そっちの助けにはなれない代わりに、学園で何があっても、店では守ってみせる」

「それは……」

仮に、彼女のしていることが援交だと騒がれてしまったとしても、バイト先であるカフェではそんな噂は否定する。

こちらこそを彼女の居場所としておけば、学園でのことは多少耐えやすくなるはずだ。

あの少女がほんとうに「友人」であり、そうならないことを祈るが。

俺はぎゅっと、莉子を抱きしめた。

小さくも柔らかな、大好きな女の子の身体。

その頼りなさと同時に、大きなおっぱいは魅惑的で俺を誘ってくる。

「哲さん……」

彼女はぎゅっと俺を抱き返してきた。

「そうですね。哲さんは……」

彼女は俺を見上げる。

上目遣いの彼女はとても可愛らしく、庇護欲と欲情を同時に湧き上がらせた。

「私のこと、好きですか？」

「ああ、もちろん」

彼女の問いに、俺はうなずいた。

それは素直な気持ちだ。

彼女の見た目、魅力的な身体に欲情しているというのは否定しない。

元々、そのエロい身体を好きにしたくて、脅したくらいだし。

けれど、それは脅してまで手に入れたいほど、彼女に惹かれていたということでもあるのだ。
俺の立場で学生と行為に及ぶというのは、社会的には完全に致命傷になり得る。
だから俺も、これまでにはそんなことは、一度もしたことがなかったのだ。
けれど莉子を見ていて、気持ちが抑えきれなくなった。
リスクを負ってでも、彼女を好きにしたいと思った。
それは好きだと言って、嘘ではないだろう。
もちろん、純粋な恋心では決してなかった。
客観的には、どこまでも身勝手な肉欲でしかない。
それでも、俺は彼女だからこそここまでして手に入れたいと思ったのだ。
「そうですか」
彼女は、少し笑みを浮かべてそう言った。
そしてそのまま、俺の胸へと顔を埋める。
彼女はぎゅっと抱きつき、その身体を俺に押しつけてきた。
「あむっ……」
「うおっ……」
そしてそのまま、莉子は服越しに俺の身体を甘噛みすると、軽く吸いついてきた。
不思議なその行為は、なんだか和むようで、それでいてエロいようで……。

押しつけられているおっぱいの感触もあり、俺の欲望が膨らんでくる。

「哲さんは、素直なヘンタイさんですね……」

そう言った彼女が、手を下へと滑らせて、俺の股間へと伸ばしてくる。

「もうここをこんなに大きくして……」

ズボンごしに肉棒をなで上げてきていた。

「でも今日はもう……んむっ」

逃げようとした彼女の言葉を、キスをして遮った。

「んむっ、んっ……」

彼女は最初こそ驚いたものの、そのまま目を閉じてキスを受け入れる。

「あふっ……もう、そうやって……」

彼女は少し呆れたように言うけれど、その声色は弾んでいた。

ここへ来たときの沈んだ様子とは違い、俺は安心するとともに、嬉しくなる。

「哲さんがしたいのはわかりましたけど、今日はだめなんです」

「どうして？」

そう言いながら、俺は手を回し、彼女のお尻を撫でていく。

スカートをまくり上げて、下着越しのお尻を撫でた。

「あんっ、ん、もうっ。その、今日は危ない日だから……。だから、お口とかおっぱいで、哲さんのこれ、気持ちよくしてあげます」

そう言って、彼女はかがみ込むと、俺のズボンへと手をかけた。

そしてそのまま、下着ごとズボンを下ろしてしまう。

「きゃっ♥」

すでに勃起している肉竿が解放され、勢いよく飛び出した。

その勢いに、莉子は驚きながら楽しそうな声をあげる。

「私に気持ちよくされるの、すっごい期待してるんですね♪」

俺の反応に、彼女は気を良くしているようだった。

「それじゃ、まずはおっぱいを、んっ……」

彼女は自ら服を脱いでいく。

そして下着を外すと、その魅惑の爆乳がぶるんっと震えながら現れた。

「おぉ……」

「ふふっ、哲さんのおちんちん、ぴくんって反応しましたね」

楽しそうに言うと、そのたわわな果実を両手で持ち上げ、アピールしてきた。

当然、それに目を奪われてしまう。

「すっごいえっちな目で見てますね♪」

彼女はそのままおっぱいで肉棒を挟み込んでくる。

「うぁっ……」

むにゅんっと柔らかな爆乳に挟み込まれて、とても気持ちがいい。

「あふっ、哲さんのおちんちん、すごく硬くなってますね。ほら、むにむにーってすると、ん、おっぱい、押し返してくる」

「あぁ……」

両手を使い、上手にバランス良く乳圧を高めてくる。

豊満な胸に押しつぶされるのは、とても気持ちよかった。

「ん、しょっ……哲さん、嬉しそうな顔してます。それに、んぁっ……おちんちんも、喜んでますね」

「ああ、すごく気持ちいいし、見た目も楽しめるからな……」

莉子のような美少女が、その爆乳にペニスを挟んでご奉仕している。

その光景はとてもエロい。

ふわふわのおっぱいが柔らかく形を変えながら、俺のモノを愛撫しているのだ。

「ふふっ、大きくて、先っぽがはみ出してきちゃいましたね。ほら、かまってほしそうにしてます♥」

彼女は谷間から顔を出す亀頭に、妖しい視線を向ける。

すっかりエロくなっている莉子の表情に、期待でペニスが震えていた。

「それじゃ、ちゅっ♪」

彼女はそっと肉棒の先端に口づけをした。

むにっと唇が触れて、その刺激に反応してしまう。

「あーむっ♪」

「おうっ……」

さらに彼女は、口を開けるとパクリと肉竿をくわえ込んだ。

「あむっ、ちゅっ、れろっ……」

「あぁ……」

そのまま亀頭だけが彼女の口内でねぶられていく。

俺は気持ちよさを感じながら、身を任せていた。

「れろろっ……ちゅぱっ♪　こうやってぬらして、んぅっ……幹のところにも、しっかりと唾液を行き渡らせて……」

彼女は胸を軽く開くと、再び閉じて肉棒を挟み込む。

にちゅっと卑猥な音がして、再び乳肉に包み込まれた。

「これで、上下に、あんっ♥」

「う、あぁ……」

唾液が潤滑油となって、おっぱいがぬるぬると動いてきた。

肉棒を爆乳でしごかれるのは、男冥利に尽きる快楽だ。

「ん、しょっ……」

「あぁ……莉子……」

「哲さん、んっ、いっぱい感じてくださいね」

そう言いながら、彼女はおっぱいを上下に揺らし、肉棒を刺激してくる。

爆乳パイズリご奉仕に、俺は高められていった。

「ん、しょっ、ふっ、あっ、えいっ♪」

「う、あぁ……莉子、そろそろ……」

「いいですよっ、んっ……。私のパイズリで気持ちよくなって、んっ♥　ヘンタイな精液、いっぱい出しちゃってください」

「う、あぁっ……」

彼女は俺を追い込むように胸を弾ませて肉棒をしごいていった。

「あふっ、ん、しょっ、ほら、出してっ、えいっ♥」

「ああ、でるっ！」

「きゃっ♥　わ、すっごい、んっ……」

俺は彼女のパイズリで射精した。

勢いよく飛び出した精液が、彼女の谷間から吹き出していく。

「ひっ、あぁ……すごい……熱いの、いっぱい出ましたね」

彼女はそう言うと、うっとりと精液を眺める。

「あぁ……」

俺は、ご奉仕からの気持ちのいい射精を終えて、少しぼんやりとしていた。

莉子は身支度を調え始めていたが、美少女が精液を拭き取っているそんな姿を見ていると、またムラムラときてしまい、俺は彼女を押し倒した。

「あんっ、哲さん……今日はだめって……」

「莉子も気持ちよくなりたいだろ？」

危険日とは本来、セックスをするべき日なのだ。メスの色香が最大限に発散されている。

俺はスカートをたくし上げて、下着越しに彼女の割れ目へと触れた。

「んうっ♥」

「ほら、もうこんなに濡れてる……」

下着の上からでもわかるくらい、彼女のそこは濡れていた。

パイズリをしているだけでこんなに感じてしまうなんて、すごくえっちな女の子になっているようだ。

「あふっ、ん、でもっ……」

「さ、脱いで」

そう言いながら、俺はスカートを下ろし、そのまま下着も脱がせてしまう。

彼女はすぐに全裸になってしまった。

俺も半端だった服を脱ぎ、彼女に覆い被さる。

「哲さん、んっ……」

濡れているおまんこに手を伸ばし、そこをいじっていく。

愛液がどんどんあふれ出してきて、彼女の興奮が伝わってきた。

「ほら、えっちな音がしてる」

「あんっ。そんなにかき回されたら、んっ……」

くちゅくちゅと音を立てながら、蜜壺を刺激していく。

こちらはもう十分にできあがって、肉棒を求めているようだ。

そんな彼女を見ていれば、俺もすぐに復活し、たぎってしまう。

俺はその猛った肉棒を、彼女の入り口へと押し当てた。

「んぅっ♥　哲さん、だから今日はだめですっ……。危険日だから、あっ、挿れちゃ、んぁ、うぅっ……」

「でも、莉子のここは挿れてほしそうにしてるぞ」

そう言いながら、俺はペニスで割れ目をこすっていく。

愛液を溢れさせているおまんこのほうこそ、肉棒を挿れてほしそうにひくついていた。

「莉子だって、気持ちよくなりたいんだろ？」

「そ、そうですけど、でも、今日はだめなんです。本当に、んぁ、中に出したら、赤ちゃんできちゃいます」

「そうか……じゃあ」

「あっ……」

俺はそう言って、少し腰を引く。

肉棒が離れると、莉子は思わず、といったように残念そうな声をだしてしまった。

もうすっかりエロエロになった彼女を確かめられて、俺は喜びを覚える。

そんな反応をされては、選ぶ選択肢なんて決まっていた。

俺は勢いよく腰を突き出し、一気におまんこを貫いた。

「んひぃぃぃっ♥　あっ、だめ、哲さんっ！」

ぬぷりと肉棒が入ると、膣襞が喜んで絡みついてくる。

熱くうねる膣襞に包まれながら、俺は腰を動かし始めた。

「あんっ♥　あっ、おちんちん、入っちゃってるっ！　だめ、だめぇっ……！」

彼女は本気なのか言葉だけなのか、挿入を否定してくる。

けれどおまんこの意見は違う。肉棒を放さないとばかりに強く咥え込んでいた。

「莉子のここは、喜んでるみたいだけど……」

「それでも、だめですっ、あぁっ。んぅっ、せめてゴムとか、じゃないと本当に、あっ、んはぁっ！」

「うおっ……莉子、急に締めてくるな。本当に危ないぞ……」

「そ、そんなこと言ったって、んぁっ。気持ちいいから、仕方ないんです。あふっ、だから抜いて、んぁ、ああっ！」

「うおっ……」

彼女のおまんこは貪欲にペニスに絡みついて、締め上げてくる。

危険日だということを聞いたせいだろうか？

いつも以上に欲望が膨らみ、睾丸の中で精子が活発になっているような気がしてくるのだった。

「あふっ、あっ、だめ、哲さん、やめっ、あふっ、んぁ、ねぇっ！」

「くっ、莉子……」

子作り器官はこんなにも快楽に蠢いているのに、莉子は本当にペニスを抜こうと、俺の身体を押し返そうとしてきた。

もう終わりにしようと言ったり、こうして拒絶してきたり……今日の莉子はずいぶんと否定的だ。

身体はこんなにもドスケベで、俺を求めているくせに。

これはまた少し、自分をわからせてやる必要がありそうだ。

「莉子、俺は放さないからな」

そう言って、ピストンを激しくしていく。

彼女のおまんこに、しっかりと俺を刻みつけるように。

「んぁぁあっ！　あっ、だめ、んぅっ、あぁっ！」

莉子の腕が俺の勢いを止めようとする。

だが、そんなことで俺はやめられない。

むしろ歯向かわれるほど、もっとこの少女に思いをぶつけて、種付けをしてやりたいという気持ちになってくる。

「ひうっ、あっ、だめ、イっちゃう、もう、あぁっ……早く、抜いてぇっ！」

「うっ、すごい締めつけだ……」

「今日は、本当にっ……あぁ、だめ、んぁあっ！」

まるで、以前のように反抗的な莉子。

そんな彼女には、しっかりと覚えさせてやらないといけない。

俺は肉棒を彼女の奥まで深く差し込み、力強く往復していく。

拒絶の言葉とは裏腹に、膣襞は蠕動しながら、本能が求める肉棒に絡みついて射精を促してきていた。

「ぐっ、そろそろ出るぞ……」

「だめぇっ！　抜いて、早く抜いてぇ……！　哲さん……だめなの」

彼女が久々に見せる本気の拒絶。それほど今日はまずいらしい。

だが、それはかえって俺を滾らせてくるのだった。

「あ、んぁ！　だめ、妊娠しちゃうっ……！　赤ちゃんできちゃうからぁっ！　あ、んぁ、ああっ♥」

理性ではやばいとわかっているにもかかわらず、子種を求めて身体は欲望に逆らえない。

そんな彼女はとても愛（いと）おしく、可愛らしく、この世で最もそそる相手だ。

俺はそのまま、オスとしての最高の快楽を求めて腰を振り続けた。

「んぁっ♥　あっあっ♥　だめ、イっちゃう！　おちんちんも太くなって、あっ、だめ、だめぇっ！　だしちゃだめぇぇえ！」

「う、あぁ……莉子……」

「抜いてぇっ！　本当に、あっ、イクッ！　もうだめぇっ！　あっあっ♥　んぁ、イクッ、んくうぅぅぅぅっ！」

「う、おおっ……出すぞ！　莉子！　莉子！　いっぱい出してやる！」

びゅくっ、びゅくくっ、びゅるるるるるるっ！

「あああぁぁぁぁっ♥」

彼女が絶頂するのに合わせてその膣内で思いきり、孕めと念じて射精した。

「んはぁぁっ♥　あっ、だめぇっ、出てるっ……！　本当に、中で出ちゃってるっ……あ、あぁっ……」

俺は濃厚な子種汁を、孕み頃のおまんこへと放っていった。

「いやぁぁっ……熱いの、びゅくびゅく出ちゃってる……。こんなの出されたら、本当に赤ちゃんできちゃいますっ……」

彼女は快楽を覚えながらも、されてしまったことにショックを受けているようだった。

危険日中だしセックスでしっかりと注ぎ込まれて、動揺していた。

「あ、あぁ……哲さん、どうするんですか……こんな、本当に、妊娠しちゃうかもしれないんですよっ！」

彼女は驚きながらも、俺を問い詰めてくる。

これまでで一番、真剣な顔かもしれない。

まあ、それもそうか。

危険日に中出ししたからと言って、必ずしもそうなるわけではないが、まだ学生である彼女にとって妊娠は一大事だ。

それこそ、学園生活をこれまでのように送るわけにはいかなくなるだろう。

俺はそんな彼女を抱きしめて言った。

「もしそうなったら、責任はとるよ」

「えっ……？」

莉子を抱きしめたまま、ゆっくりとそう言う。

「俺は大人だしな。学生同士と違って、生活力もあるし」

半ば無責任だと自覚しつつも、そう言った。

生活力はあるかもしれないが、そもそも俺たちは結婚を前提に付き合っているカップルではない。

脅しから始まった関係なんだ。それでも、

「それって……」

「だから大丈夫。な？」

そう言って、優しく彼女を撫でた。

どのみち彼女を手放す気がない俺としては、それもいいかもしれないと本気で思う。

本来なら触れることすらできなかった美少女が恋人になり、いつかは幼妻になる、そんな未来。

それはとても興奮する想像だった。

「哲さん……」

そして元々押しに弱い莉子は今度も、責任をとる、という俺の言葉で押し切られそうになっていた。

「たしかに、店長さんですし、ね」

雇われだからそれほど高収入ではないが、生活力のほうは、まあ問題ないだろうと思う。

学生で妊娠というときに一番の問題である、その後の経済状況が問題ないということで、彼女もどこか納得出来たのだろうか、そっと考え込む。

実際には、そもそも俺たちはまだ恋人ではない、という大問題があるのだが……。

しかし、莉子の目には再び光が灯り始めたようにも見える。

「本当に、責任をとってくれるつもりなんですか？」

「ああ、もちろん」

うなずいて、俺は彼女にキスをした。

莉子は目を閉じてそれを受け入れてくれ、ぎゅっと俺に抱きついてくる。

俺たちはしばらくそのまま時間を過ごした。

そして彼女もすっかり落ち着いたころには、かなり上機嫌になっていたのだった。

第四章 年の差カップル誕生？

「じゃあ、お茶を淹れますね」

「あ、ああ……」

莉子は俺の部屋に来るとすぐに、勝手知ったるなんとやら、という感じでキッチンへと向かった。

その後ろ姿を見ながら、俺はぼんやりと考える。今日も俺の希望で、制服姿だ。

先日、彼女に危険日中出しを決めてからというもの、莉子は俺との関係にかなり積極的になっているようだった。

これまでもセックスや職場での態度に関してはだいぶ軟化していたけれど、今では生活全般において、俺に親しげになっているのを感じていた。

まるで恋人のようである。

まあ、俺としてはなんの不都合もない。

最初は脅すことまでしたって、身体をむさぼるのが精一杯だった。

そんな高嶺の花である美少女だ。

それが俺に笑顔を向けてくれるというのなら、大歓迎だった。

バイトにも力は入っているようで、これまでより愛想がよくなったり融通が利くようになったりしていた。

それは、おとなしく真面目なだけのいい子ちゃんから、彼女が成長しているということなのかもしれない。

しかしあれだな。

こうしてキッチンでお茶を淹れている莉子を眺めていると、なんだか温かな気持ちになってくる。

「はい、哲さん」

「おう、ありがとう」

彼女はお茶を淹れて戻ってくると、俺の正面へと座る。

そして自らもマグカップを両手で持って、お茶を飲む。

そのマグカップも、こうして一緒にくつろぐことが増えてきたため、新しく買ったものだった。

可愛らしい黒猫のデザインされたマグカップは、俺の部屋では浮いている。

それが戸棚にあることで、彼女の存在を強く意識させるのだった。

そして俺たちは、お茶を飲みながら世間話にふけった。

といっても、俺のほうはさほど話すようなこともない。

彼女といるとき以外は、仕事に追われてばかりだしな。

面白い人生だったとは思わないが、そんな過酷な日々に追い詰められたせいで、自棄になって彼女に手を出した結果がこれだ。今はこうして一緒にいられるのだから嬉しい。

そう考えると、悪くなかったのかもしれないな。

彼女からは、学園の話などを聞く。

しかし、クラスメートにセックスを見られる結果になったため、それまで親しかった友人とはギクシャクしたままのようだ。周囲にまではバレなくても、微妙な立場らしい。

「でも、私には哲さんがいますから」

そう言って笑みを浮かべる彼女は可愛いものの、学園生活を壊してしまったというなら、申し訳ない気持ちもある。

その負い目もあって、俺は彼女に優しくするようになっていた。

同時に、他に頼るモノがない中で、唯一の居場所が俺のところだということもあってか、彼女が依存してきているような気もする。

だが、それこそ俺にとっては好都合だ。

彼女の居場所がここしかないなら、もっと優しくしていけば、莉子をこのまま囲い込むことだって出来る気がする。

二度と俺から離れようと思わないくらい、甘くしていくのだ。

そうすれば、俺はずっと、莉子と人生を楽しむことができる。

身体を重ねるほどになじみ、エロくなっていく莉子は本当に最高の女の子だった。

そんなことを考えていると、早くも期待が膨らんできてしまう。

「哲さん、目がえっちになってきてますよ？」

莉子は笑みを浮かべながら、めざとく指摘してくる。

「もう、哲さんは本当にえっちな人ですね」

楽しそうに言う彼女は、まんざらでもなさそうに、こちらへと身を乗り出してくる。

前のめりになると爆乳がテーブルの上に乗ってしまい、そのボリューム感をこちらへとアピールしてきていた。

「うっ……」

「ふふっ、視線がわかりやすいですよ？」

そう言いながら、彼女はボタンを外していく。

胸元がはだけて、その深い谷間があらわになった。

ただでさえ目を引く爆乳だが、彼女は普段きっちりと隠している分、破壊力がさらに大きい。

当然、俺の目は釘付けだった。

「莉子……」

俺は立ち上がると、彼女の手を取り、立ち上がらせた。

「もう、哲さんってば」

彼女は素直に立ち上がり、一緒にベッドへと向かったのだった。


そうしてベッドに向かうと、莉子はさっそく抱きついてきた。

「んっ……ちゅっ♥」

軽く背伸びをして、キスしてくる。

「んっ……はむ」

そしてそのまま舌を伸ばして侵入してきたので、俺も応えて舌を絡めていった。

「んむっ、ちゅっ……れろっ……」

昂ぶる気持ちを確かめ合うようにして、口内で舌を愛撫する。

「んっ♥　ちゅっ、ぺろっ」

舌先で粘膜をなぞっていくと、莉子はぴくんと反応しながらも、お返しとばかりに俺の舌を責めてきた。

「れろろっ……んぅっ」

舌を絡め合い、唾液を交換していく。

こんなディープキスを交わせる関係になるなんてな。

そんな感慨とともに、深くキスを味わい尽くして、口を離した。

「はぁっ♥　あっ、んっ……」

彼女は息を荒くしながら、潤んだ瞳でこちらを見上げてくる。

その顔は完全に女のもので、俺を誘惑してきた。

「ん、んむっ……」

俺は欲望のまま、再び彼女の唇をむさぼる。

まだ息の整っていなかった莉子は、一瞬驚きを浮かべつつもそれを受け入れてくれる。

「んむ、ちゅっ……れろっ」

再びキスを交わし、口を離す。

「あふっ……♥」

とろけた莉子の表情を見ながら、俺はおっぱいへと手を伸ばしていった。

「ん、あぁ……」

上をはだけさせて、ブラジャーを露出させる。

控えめなデザインながらも、しっかりと爆乳を支えるその下着に手をかける。

フロントのホックを外すと、ぱちんっとそれが分かれて生おっぱいが現れた。

「相変わらず、すごいおっぱいだな」

「あんっ、哲さんはおっぱい、大好きですものね」

「ああ、そうだな。こんなにいいおっぱい、男なら誰でも好きだと思うけどな」

その爆乳を好きにできるのだと思うと、オスとしての優越感が俺の中に満ちていくのを感じる。

俺は欲望のまま、たわわな双丘を両手で揉んでいった。

「ん、あっ、んっ……」

途端に、莉子が甘い声をあげる。

手のひらに収まりきらない爆乳をむにゅむにゅと揉んでいくと、指の隙間からエロく乳肉がはみ出してきた。

「んぅっ、あうっ……」

そのおっぱいを存分に堪能していると、彼女のほうも手を伸ばしてきた。

「哲さんのここ、いつも苦しそうですね……ほら、今日もこんなに」

「うっ……そ、そうかな」

彼女はズボン越しに、楽しそうに肉棒を撫でてくる。

すでに雄々しく勃起している肉棒が、優しく手でこすられていった。

「こんなにズボンを押し上げて……狭いところから、出してあげますね♪」

そう言いながら彼女は俺のズボンと下着を脱がし、肉棒を解放した。

「ね、哲さん、そのままベッドに」

「ああ」

彼女は俺を押して、ベッドへと座らせる。

そしてその膝の上に、甘えるように跨がってきた。

正面から抱っこするような形で、彼女が俺に向かい合う。

美少女の温かな重みを感じて、俺はたまらなくなった。

「んっ、ちゅっ♥」

そして再び、莉子のほうからキスをしてくる。

唇を合わせながらも、彼女は軽く身体を動かし始める。

「うっ……！」

その影響で、彼女のスカートが肉棒にこすれてピリッと刺激がきた。

俺の反応を見て、莉子はさらに身体を揺すってくる。

「莉子……これ、ちょっと……」

「ふふっ、どうですか。こうやって、スカートでこすられるのも気持ちいいですか？　ヘンタイさんですもんね」

彼女はそう言うと、今度はふわりと俺のペニスにスカートをかぶせて、その上から刺激してくるのだった。

下着などとはまったく違う肌触り。そして、営業用のスカートに我慢汁をこすりつけているという背徳感が俺の興奮を煽ってくる。

「うっ……こんなこと」

「ん、しょっ……えいっ♥　どうですか？」

「あぁ……すごくいいけどっ……なんだか」

そのまま彼女のじらすような愛撫を受けていると、どんどん欲望が高まっていく。

ものすごくえっちなことなのに、これだけでは満足できない。スカートの中から莉子の体臭が香ってきて、俺をますます興奮させていた。

「先っぽから、えっちなお汁がいっぱい出てきましたね。ほら、くりくりー」

敏感な亀頭を何度も擦られてもどかしい。もっともっと、強い刺激が欲しくなる。

「うっ、莉子、それっ……」

「ふふっ♥　哲さん、もう挿れたいですか？　おちんちん、こんなにバッキバキになってます……」

彼女はきゅっと肉棒を握った。

女の子の細い指に包み込まれて、気持ちよさが広がっていく。

「あぁ……挿れたいよ。俺だけの、莉子のおまんこに」

俺がうなずくと、彼女は嬉しそうな、それでいてとても妖艶な笑みを浮かべた。

そして腰を上げると、スカートとショーツを脱いでいく。

「莉子もずいぶん濡れてるみたいだな」

脱ぐときに、クロッチから愛液が糸を引くのが見えた。

「はい。私も、もう準備はできてます♥」

もう莉子は自分のエロさを隠さない。再び俺へと跨がってくる。

下半身はすでに裸で、上半身だけが着崩れたままになっていた。

莉子も、すぐにでも俺と繋がりたいのだ。

そんな待ちきれない感じが、なんとも卑猥だった。

「哲さん、んっ……」

そして彼女は肉棒をつかむと、自らの膣口へと導いていく。

「あふっ、ん、あぁ……♥　おちんちん、んっ、入ってきてる……」

そしてそのままぐっと、躊躇なく腰を下ろしてきた。

「あふっ……」

俺たちは、対面座位の形で繋がる。

莉子はうっとりと俺を見つめると、始めは小さく腰を動かした。

「うおっ……もうどろどろだ……」

肉棒を咥えこんだ膣襞が、腰に合わせてリズムよく刺激してくる。

「ん、うぅっ、それじゃあ、もっと」

濡れ具合を確かめ終わると、莉子は大きく腰を動かし始めた。

「莉子、そんな急に、うぁっ……」

「んっ♥　あっ、ふぅ、んっ……♥　哲さんっ、あふっ」

彼女が俺の上で腰を振っていく。

その雰囲気は蕩け切り、うっとりとした顔で俺を見つめていた。

これまで以上に従順などころか、自ら一歩先を求めてくるような彼女の変化は、軽い戸惑いとそれよりも大きな喜びを俺の心に湧き上がらせる。

彼女はすっかり、俺とのセックスに堕ちているようだった。

「んぁっ♥　あっ、ふぅ、ん……ちゅっ♥」

もう一度、莉子のほうからキスをしてくる。

軽いキスだったが、それは愛情表現なわけで。

彼女からの好意は、俺の心を温かくすると同時に、欲望をさらにたぎらせていった。

「あふっ、哲さんのおちんちん、私の中、ぐいぐい広げてきてますっ……♥」

唇を離して再び腰を振る彼女の胸が、目の前でぶるんと揺れていた。

俺は惹かれるまま、そこに手を伸ばした。

「あんっ♥」

俺の上に跨がって、一心に腰を動かしている美少女のおっぱいを、持ち上げるようにして揉んでいく。リズムを合わせることで、気持ち良さも溶け合っていく。

「んぅっ、あっ、哲さん、あふっ……」

そしてその双丘の頂点でつんと尖っていた乳首をつまんで、くりくり刺激していった。

「んはぁっ♥ あっ、乳首、気持ちいいですっ。んぅ、もっと、あんっ!」

素直な彼女の乳首を、丹念にいじっていく。

そのたびに嬉しそうな顔で腰を振り、乳首をいじられては喘ぐ莉子。

対面座位という姿勢もあってか、いつも以上にラブラブなセックスを楽しんでいく。

最初の頃とはずいぶんと違う交わり方で、お互いを高めていった。

「あふっ、んぁ、ああっ……哲さん、んぅっ」

「莉子っ……こんな……こんなに気持ちいいなんて!」

ラブラブになると、快感は何倍にもなる気がした。

同意するように、莉子がぎゅっと抱きついてくる。

俺も手を回して、彼女を抱き返した。

先ほどまで揉んでいた爆乳が、むにゅっと俺の身体に押し当てられる。

柔らかなその中に、はっきりと乳首のしこりが感じられた。

「あふっ、ん、あぁっ……」

彼女はそのまま、胸ごと押しつけるようにしながら腰を振っていく。

「んぅっ♥ あっ、あうっ……」

彼女は俺の身体を使って乳首をこすることで、より感じているようだった。

おまんこのきゅんきゅんという締まり具合からも、それがわかる。

うねる膣襞に肉棒をしごき上げられながら、その気持ちよさを堪能していった。

「あふっ、んっ、ああっ♥ 哲さん、んぁ、もっと、あふっ……私の中を、もっといっぱい感じて、いっぱい突いてくださいっ」

「莉子は、すっかりえっちな女の子になってるな」

俺がそう言うと、彼女はうるんだ目でこちらを見つめてきた。

「哲さんは、えっちな女の子……嫌いですか？」

「いや、最高だな！」

「んくうぅぅっ♥」

返事と同時に、下から腰を突き上げる。

急な突き上げで肉棒が子宮口を突いて、莉子がびくんっと身体を跳ねさせた。

「んぉっ……奥、そこ、いい！ んぁっ♥」

喘ぎ声とともに、膣道全体がきゅっと締まる。

「哲さん、んぁ、あふっ、そのまま、私の奥で気持ち良くなって……それで……んあぁぁあっ！」

「ああ。わかってる！　このまま、莉子の気持ちいいとこも突き上げていくぞ」

そう言って俺は、力いっぱい腰を動かしていく。

「んはっ♥　あっ、あぁぁっ！」

彼女は突き上げに感じながら、しがみついてくる。

そして自らも腰を振り、より大きな快楽を求めてきていた。

「う、莉子の中、すごくうねって絡みついてくるな」

「んは、あぁ……♥　哲さんのおちんちんが、気持ちいいから、んぁ、勝手に締めつけちゃうのぉっ♥」

「おうっ……」

その言葉通りに膣襞は俺の肉棒を味わい尽くし、射精を促すように蠢いてくる。

その気持ちよさと、デレる莉子の可愛さに、俺はすぐに限界を迎える。

「うっ、くっ、そそろ出すぞ」

「はいっ♥　そのまま、んぁ、私の中っ、奥に、いっぱい出してくださいっ♥」

莉子が腰を振りながら、精液をねだってくる。

彼女の望み通りにおまんこが強く吸いついて、射精を急かすように収縮した。

「んはっ♥　あっあっ♥　んくっ、あぁっ……！　イクッ！　んはぁっ、あっ♥　イっちゃいますっ！」

嬌声を上げながらも動き続ける彼女を、俺も遠慮なくズンズンと突き上げていった。

「んはぁっ♥　あ、もう、んぁっ、あうっ、イクッ、あぁっ、イクイクッ！　イックウウウウウウッ！」

「う、でるっ……！」

彼女の絶頂に合わせて、俺も射精した。

もはや躊躇(ためら)いのない、女学生への思いきりの生中出しだ。

肉棒が跳ね、彼女の膣中に精液を注ぎ込んでいく。

「んあぁぁあっ！　哲さんの、せーえき、いっぱい出てますっ……♥　私の奥に、たくさん、あぁっ……♥」

莉子はうっとりとしながら、精液を受け止めていた。

そしてそのまま、ぎゅっと抱きついてくる。

「んっ♥　ふぅ、んっ……哲さん……♥」

射精中の肉竿を咥えこんだままで恍惚となる彼女を、俺も抱きしめ返す。

そしてしばらくそのまま、愛しさを噛み締めながらじっとしていたのだった。

○

莉子といちゃいちゃして過ごすのが、すっかり普通になってきていた。

彼女は今や俺に懐き、こちらから呼ぶことなく家を訪れるようになっていた。

バイト帰りだけでなく店には来ていない日にも、俺の家を訪ねてくる始末だ。

そして時には夕食を作ったり、様々な世話を焼いてくれたりする。

まるで通い妻だ。

だがそんな彼女との生活を、俺は楽しんでいた。

なにせ、莉子のような美少女と過ごせるのだ。

それもセックスに限らず、こうして様々な面倒まで見てくれて、尽くしてくれている。

俺としてはいいことづくめだ。

今日もそんな彼女と、のんびりとした時間を過ごしていた。

莉子はとてもくつろいだ様子で、俺の隣にいる。

ソファーに並んで腰掛け、軽くこちらへと身体を預けている状況だ。

女の子のいい匂いと体温を感じていると、やはりムラムラときてしまう。

このまま普通にするのも、もちろん気持ちいいのだが……。

最近のとても従順な莉子を見ていると、もっとすごいこともできるのではないだろうか、という欲望が膨らんでくる。

そんな彼女と、どんなプレイをしたいか考えてみた。

俺が気持ちいいのはもちろんのこと、彼女も刺激を受けていつも以上に気持ちよくなれるものがいい。

莉子が感じると、それは結果的に俺の気持ちよさにも繋がってくるしな。

そんなわけで、思いついたのが野外でのプレイだった。

あの後のことはともかく、クラスメートに見られていたときには、莉子は感じていたみたいだしな。

彼女には露出願望があるのではないだろうか、と薄々思っている。

真面目ないい子として育っていた分、そういったものから解放される露出という行為は、相性がいい気もする。

ということで、俺は彼女に提案してみた。

「なあ莉子。露出に興味ないか?」

「露出……ですか?」

彼女は首をかしげる。

あまり、そういうことには詳しくないのかもしれない。

まあ、今やエロエロになっているとはいえ、ちょっと前に俺が奪うまでは処女だったわけだしな。

　特に、露出って女性にとってはリスクが高すぎるプレイだし、なかなか挑戦しようという発想にはいたらないのかもしれない。

「ああ。今は人通りも少ないだろうし、裸で町中を歩くんだ」

「は、裸で、ですか⁉」

　俺の言葉に、彼女は驚きの声をあげる。

「そ、そんなこと……」

　信じられないという反応をした後で、少し考え込むようにした。

　想像してみたのだろう。

　そして首を大きく横に振った。

「だ、だめですよそんなの。その、見られちゃうかもしれないじゃないですか」

「そういうスリル、莉子は好きなんじゃないかって思ったんだけどな」

　俺はそう言ってみるものの、彼女もすぐにはうなずかなかった。

「哲さん、さすがにヘンタイ過ぎますっ」

「そうか……」

　顔を赤くして言った彼女に、俺はうなずいてみせる。

「俺は、莉子が気持ちよくなってくれるかと思ったんだけどな……」

「うっ……」

　彼女はそんな俺を見て、言葉を詰まらせた。

　そしてこちらを伺うようにして、尋ねてくる。

「哲さんはどうなんですか？」

「ん？　俺が？」

「その、私に、そういうことをしてほしいんですか？」

　おそるおそる尋ねてくる彼女に、力強くうなずいた。

「ああ。裸の莉子を露出散歩させたい。恥ずかしがったり、裸で歩くことに興奮しちゃう莉子を見たい」

「うぅっ……ヘンタイです……」

　俺に思った以上の勢いで食いつかれて、莉子が困りながらそう言った。

　まあ、俺が変態だなんていうのは今更だしな。

「莉子はどう？　もちろん、どうしても嫌だっていうなら無理強いはしないさ。でも興味あるなら、そういう冒険もしてみたくないか？」

　なおもそう言ってみると、彼女はその勢いに押されるように折れた。

「わ、わかりましたよ……。哲さんがどうしてもって言うなら……」

「やってくれるのか？　よし、じゃあいこう！」

俺は勢いよく立ち上がると、彼女の手を引いた。

「ちょ、ちょっと、食いつきよすぎですよ……。うぅ……は、裸で外を歩くなんて、本当に……」

「ほらほら、善は急げだ」

そう言って、俺は彼女を連れ出すのだった。


「あ、哲さんっ……」

そして準備を終え、いざ家の外へ出ようとすると、玄関を一歩出ただけでもう彼女は立ちすくんでしまう。

俺はそんな莉子を眺める。

靴こそ履いているものの、ほかは生まれたままの姿。すっぽんぽんの彼女が、恥ずかしそうに身を縮めている。

その光景はとてもエロい。

それにまだ玄関先とはいえ、本来なら当然に服を着ている場所で裸というのがもう、今の段階でもとても倒錯的でそそる。

この光景をしばらく楽しみたいという気持ちもあるものの、街へ出ればもっと、比較にならないほどの恥ずかしいことになるだろう。

「こ、こんなの、やっぱり無理ですっ……」

彼女はそう言って戻りたそうにするものの、許可なく室内に入ったりはせず、俺に許しを求めていた。

ああ、すごくいいな……。

俺はそんな彼女を愛おしく思った。

けれど、それはそれ。

彼女と一緒にもっと楽しむためにも、露出散歩はしないとな。

「莉子、ここでぐずっているのはかえって危ないぞ。ほら、それなりに明るいし、家の前だからさ」

「うっ、た、たしかにそうですね……うぅっ……」

俺の言うことに納得はできても、やはり恥ずかしいのか躊躇(ためら)っている彼女。

俺はそんな莉子の手を握って、強引に歩き出した。

「ひうっ……あ、哲さん」

「ほら、もう少し暗いところにいこう」

「うぁっ……ど、ドア、遠ざかっちゃいますっ……」

何かあったときに、すぐに室内に戻れないのはやはり不安なのだろう。だが、彼女は身体を小さくしたまま、それでも手を引かれてついてくる。

なんだか不思議な感じだな。

このあたりは大通りからは何本か入った小道で、人通りも多くないため、すぐに見つかる可能性はまあ低いだろう。

けれど、こうして俺たちが出歩いているように、人が通る可能性もゼロではない。

「う、うぅっ……哲さん、あっ、んっ……」

「ほらこのあたりまで来れば薄暗いし、すぐにはわからないだろう」

そう言って彼女の手を放す。

莉子は相変わらず身体を縮こまらせるようにしていたけれど、だんだんと裸でいることに適応し始めたみたいだ。

「う、うわぁ……私……」

なんてことのない閑静な街に、裸の莉子。

それはものすごく非日常的で、不思議な光景だ。

「外で、裸に、あぁ……」

彼女は羞恥に顔を染めながら、もじもじとしている。

莉子のような美少女が裸で町中にいるなんて……。

俺は少しずつ遠ざかりながら、そんな彼女を眺める。

「あ、哲さんっ……」

少し離れただけで、彼女は不安そうにしながらこちらへと向かってくる。

「うわぁ……これは……いいな」

思わず声に出してしまう。

羞恥と不安に彩られた表情の莉子が、裸んぼで歩いているのだ。

その爆乳が、歩くのに合わせて揺れている。

足を小さく動かしていることもあり、大事なところは見えないが、裸であるのは遠目にも一目瞭然だろう。

こんな子が歩いているのを見つけたら……。

襲わずにはいられないだろうな。

俺は今すぐにでも襲いかかりたい衝動をこらえながら、彼女を近くにある自然公園の林へと誘導することにした。

「ま、待ってください、あっ……」

莉子は途中で足を止める。

そこには街灯があり、周囲が明るくなっていた。

彼女は明かりの下に全裸をさらすのをためらい、足を止めてしまう。

その姿に俺は嗜虐心をそそられるのだった。

「ほら、どうしたんだ?」

「だ、だって明かりが……」

そんな彼女に、俺は邪な笑みを浮かべながら答えた。

「明るいけど、通り抜けるのは一瞬だよ。それより道の真ん中で、ずっと裸で立ち尽くすほうが危ないと思うけど……」

そして、意地悪に尋ねる。

「それとも、そのほうが興奮する？　立ち尽くしてる間に、誰か来ちゃうかもしれないのが、ドキドキするのかい？」

「うっ、いっ、いじわるですっ！」

そう言いながら、彼女はおっかなびっくりこちらへと来る。

「あ……」

「な、なんですかっ」

俺が思わず漏らした言葉に彼女がびくっと反応して、そのまま駆け足で俺のところへと来た。

「いや、明るいところで全裸なの、やっぱりエロいなって」

「も、もうっ。哲さんはヘンタイですっ」

「ああ、そうだな」

俺はあっさりとうなずいて、彼女を見る。

「まぁ今は、町中で全裸の莉子のほうが、もっとヘンタイだけどな」

「うっ……」

　彼女は一瞬言葉を詰まらせる。

「哲さんが、やれって言ったんじゃないですか」

「そうだけど、莉子が裸なのは事実だしな」

「もうっ」

　彼女は軽くこちらを叩いてくる。

　それ自体は微笑ましい行為なのだが、全裸だというだけで、非常に倒錯的なものになるのだった。

　そんなこんなで、莉子の全裸散歩を続けていく。

「少しはなれてきただろ？」

「うぅ……確かに、そうですね。だんだん、裸でいるのも自然になってきちゃった気がします……」

　彼女は複雑そうにそう言いながら、けれどやはり全裸の恥ずかしさは抜けるはずもなく、いつもより身を縮めている。

　そして太ももを擦り合わせ、どこかもじもじしているようにも見えた。

　羞恥で感じ始めているのだろうか。そんな彼女を見ながら、俺は公園を目指していった。

「あふっ……こ、公園で裸なんて……」

「まあ、この時間なら人も来ないだろうし」

「で、でも、来るかもしれないじゃないですか。あぅ……」

「そうだな。ジョギングする人もいるかもしれないしな」

「ひうっ……」

人が来ることを想像して、彼女がぴくんと身体を跳ねさせる。

だがそれと同時に、そんな状況に被虐的な快楽を覚えているというのも伝わってきた。

やはり彼女は、見られてしまうことに興奮してしまうのだ。

そんなドスケベな莉子を見ていると、当然俺も高ぶってしまう。

「せっかくの露出だし、少し俺は離れておくか」

「な、なんでですかっ」

彼女はひしっと俺の袖をつかんできた。

その手が小さく震えている。

「そのほうが、存分に楽しめないか？」

「た、楽しめないですよっ。さすがにひとりは怖すぎますっ」

彼女はそう言って俺を放さない。

「そうか。それなら距離をとるのはやめておこう」

まだ彼女には早かったみたいだ。

今すぐ無理に、これ以上を求めるのはよくないだろう。

それに……。

俺は彼女の下半身へと視線を動かす。

初の野外露出で恥ずかしがっている彼女は、先程からずっと足をもじもじとさせている。

恥ずかしくて、股間を隠したいという気持ちももちろんあるんだろうが、同時に感じ始めていて、もどかしくなっているのではないだろうか。

「哲さん……？」

「莉子は外で裸になって、感じてきてるみたいだな」

「そんなこと、あんっ」

俺は否定しようとした彼女のお尻を撫でて、その手をアソコへと滑らそうとした。

けれど彼女は敏感に反応して、俺の手から逃れた。

「も、もうっ……」

彼女はそう言って、股間を手で隠すようにする。

全裸で公園に立って、大事なところを隠そうとする姿は、やはり倒錯的なエロスに満ちていた。

たまらなくなってしまう。

俺たちはそのまま、林のほうへと向かっていった。

「はぅ……道をそれると、ちょっと安心できますね。いえ、それでも全然落ち着かないですけど」

彼女は恥ずかしそうにしつつも、そう言った。

やはり木々で視線が遮られているから、少しは安心なのだろう。

「まあ反対に、もしここで誰かに出くわしたら、近距離で見られることになるけどな」

「うっ……」

俺が言うと言葉を詰まらせたものの、すぐに続ける。

「で、でも、そもそもこないですし……多分」

「ああ。多分こないだろうな。ゼロではないが」

そう言いながら、俺は彼女へと詰め寄る。

「それより莉子……外を裸で歩くのはどうだ？」

「すっごく恥ずかしいですよ……！　こんな、お外で裸になってるなんて……普通に人がいるかもしれないのに、おっぱいも大事なところも全部見られちゃうかもって……すっごく不安です」

彼女は顔を赤くしながらそう言う。

それでも、俺がお願いしたからってここまで従ってくれるなんて、ホントに健気だ。

「でも、それが気持ちいいだろ？　見られるかもしれないって思うとゾクゾクして、何をされちゃうんだろうって期待してしまう」

「そんなこと、あっ♥」

俺は彼女の股間へと手を忍ばせる。

閉じた割れ目の向こうは、わずかだが湿り気を帯びていた。

「ほら、裸で外を歩いて、すっかり濡らしてる……」

「うぅっ……やぁ……」

否定しようにも、ちゅくっと水音がしてしまうので、言い逃れができない。

「だ、だって……こんなの……」

彼女はヘンタイになっている自分に戸惑いつつも、あらがえないものを感じているようだった。

「俺は、そんな莉子も可愛いと思うけどな」

「あぅ……」

俺が言うと、愛液が少ししみ出してきた。

俺はそんな彼女の前にかがみ込み、野外で丸出しのおまんこを観察していく。

「あっ、やっ……そんなに見られたら、んっ……」

「ここは外なのに、莉子はどんどん濡れてきてるな」

「あうっ……だ、だって……」

彼女は羞恥に身もだえつつも、言われるほどにまた、ますます感じているようだった。

俺は立ち上がって莉子を見つめながら、その濡れたおまんこをいじっていく。

「んぁ、あっ、あぁ……」

彼女は恥ずかしげに顔をそらす。

けれど身体まで逃げることはせず、くちゅくちゅといじられるままになっていた。

「外で触られて、こんなに濡らして……すごいな」

「あふっ、んぁ、だって、哲さんがっ……」

莉子は可愛らしい声をあげながら、身もだえている。

野外での触れ合いは原始的だがとても興奮する。莉子が林の中で全裸だという異質なシチュエーションは、俺をたぎらせていく。

彼女がここまでしてくれる……それほどまでに俺のものになっているという事実に、胸が熱くなる。

「んぁ、あっ、哲さん、んうっ……」

野外でおまんこをいじられて、莉子がうるんでいく。

「露出で感じる、ヘンタイな莉子もいいな……」

「うぅっ……」

あらためて突きつけると、彼女は恥ずかしそうに顔を赤くする。

けれど、期待通りのドスケベになっている彼女は、そこで反撃に出てきた。

「哲さんだって、感じてるじゃないですか」

「うおっ……」

そう言って、彼女は俺の股間をつかんでくる。

野外露出の莉子を見てもうギンギンになつている肉棒を、彼女の手がこすってきた。

その刺激に思わず声を漏らしてしまう。

「ああ。そうだな」

俺が答えると、彼女はすぐにズボンに手を入れて、俺の肉棒を露出させる。

そして直接握り、しごいてきた。

「私に裸で外を歩かせて……それを見て、おちんちんこんなに大きく硬くしてるなんて……

本当にヘンタイさんですね」

「あぁ……。まあ、裸で歩いている莉子のほうがすごいけどな」

軽口をたたくと、彼女はきゅっとペニスのくびれを締めるようにしごいてきた。

気持ちいいところをわかっている動きだ。

「莉子のここ、もうぐしょぐしょだな」

そう言っていじると、彼女は肉竿から手を離し、こびるような目で俺を見た。

俺は小さくうなずく。

彼女の片足を持ち上げ、あらわになったその割れ目へと肉棒を宛がった。

「ん、うぅっ……」

そしてそのまま、ゆっくりと肉竿を挿入していく。

「あっ、ん、あぅっ……♥」

これまでの行為でもう十分以上に潤っているそこへ、ペニスがスムーズに飲み込まれていった。

「あ、あぁ……♥　おちんちん、入ってきてるっ……うぁ……」

膣襞は蠢動しながら絡みつき、早くも肉棒を貪欲に求めていた。

「裸で歩くだけじゃなくて、外で挿入されて気持ちよくなるなんて、莉子はヘンタイだな」

「うぅ。違、あ、あぅっ……。哲さんがさせてるのにっ……」

「確かにやらせているのは俺だが、こんなに感じろとは言ってないぞ？」

俺がそう指摘すると、羞恥に顔を赤くしながらも、さらにその蜜を溢れさせるのだった。

彼女の片足を抱えたまま、ゆっくりと腰を動かしていく。

「はぅっ、あ、あぁ……外で、しちゃってますっ……♥　んっ」

「ああ。昼間なら人が来るようなところで、しちゃっているからな」

「うぅっ……。そんなの、あぁ……」

そう話すと、彼女の膣内がきゅっと締まった。

元々いい子だっただけに、そういった背徳的な行為に感じてしまうのだろう。

抑圧されていた分、開放感も快楽に繋がっていくのだ。

「んぁっ♥　あ、あぁっ……」

姿勢のせいで激しい動きはできないものの、緩やかな抽送でも彼女は十分に感じているようだった。

膣内の締まりや襞のうねりを通して、それが俺にも伝わってくる。

「あふっ、ん、あぁっ……んぁ、あうっ！」

「あまり大きな声で喘ぐと、誰かに聞かれるかもしれないぞ」

「ひうっ、あっ、だめっ、ん、あぁ……」

意地悪を言ってみると、彼女は声を抑えようとした。

けれど、誰かに聞かれるかもしれないという羞恥は、むしろ莉子の快感を高めていくだけだったようだ。

「んぁっ♥　あっ、あぁっ！　哲さん、だめ、待って、んぅっ！　あっ、声、出ちゃうからぁっ！」

俺はこれ幸いとばかりに、蜜壺をかき回していく。

「あぁっ、んぁ、ああつ♥　哲さん、んぅっ、あっ、あぁぁっ……。私、んぅっ、あっあ

っ♥　んはぁっ……！」

「イっていいぞ……。ほら、はしたないイキ顔を、こんな野外でも見せてくれ」

「んはぁっ♥　あっ、だめぇっ……！　んぅ、あっ、もう、んぁ、あぁっ……お外でこんな、んぅ、あぁっ！」

彼女の呼吸は荒くなり、嬌声が漏れている。

そろそろ絶頂が近いのだろう。

膣襞も蠢動して肉棒を締めつけてくる。

その快楽に、俺の限界も近づいていた。

「くっ、あぁ……」

「んぁっ♥　あっあっ♥　もう、んぁっ、イクッ！　イっちゃいますっ♥　あ、んぁっ、イックウウゥウゥウッ！」

彼女が俺に倒れ込むようにしながら絶頂した。

「うお、出るっ！」

「んはぁぁぁっ♥」

その際に膣襞がこすれ、奥まで肉棒を飲み込む。

絶頂おまんこの締めつけに耐えきれず、俺も射精した。

「あふっ♥　んぁ、出てるっ……哲さんの熱いの……。あぁ……お外で、しちゃってる、んあっ……♥」

野外露出の中出しを受けて、彼女がうっとりと声を漏らす。

その間も膣襞は貪欲に肉棒を締めつけ、精液を余さず絞りとっていった。

「あぁ……最高だったよ」

俺は彼女の身体を支えながら、その気持ちよさに感嘆の声を漏らす。

そしてしっかりと搾り取られた後で、満足しつつ肉棒を引き抜くのだった。

「あぅっ……ん、哲さん……」

「歩けそうか？」

「はい、なんとか……」

立ちっぱなしでの行為と、その快楽に体力を使いすぎた様子の莉子がなんとかうなずく。

俺はそんな彼女を見て、また欲望がうずいてしまうのを感じた。

林の中で、全裸で立つ彼女。

そのおまんこからは、いま注がれたばかりの精液が垂れている。

彼女の愛液と混じったものが、内腿を伝っているのだ。

行為の痕跡をありありと残す姿はそれだけでもエロい。

加えて、野外ということで、まるで連れ込まれてレイプされた後のようにも見えるのだった。

それもまた、俺の欲望を刺激していく。

「哲さん……？」

そんな俺の邪な視線に気づいた彼女が、少し不安げにこちらをのぞき込んだ。

「さ、莉子、帰ろうか」

「はい……あの……」

そう言ってから彼女は自らの身体を見下ろし、行為の証拠が残っているのに気付いて、また顔を赤くした。

「もちろん、帰るまでそのままだ。セックス後の全裸散歩とか、エロすぎるな……」

「うぅっ……」

彼女は恥ずかしそうに呻くものの、その顔はどこかエロく誘うようなものだった。

羞恥に感じることを、受け入れつつあるのだろう。

「こんな格好で歩いていたら、それこそ襲ってくださいって言ってるようなものだな……」

俺はあらためて彼女を見ながら、そう思う。

むしろ今すぐにでも襲いたいくらいだ。

帰ったらもう一回しよう。

そう思いながら、俺は莉子とともに家へと戻るのだった。

第五章 あいしてる

莉子との恋人みたいな暮らしは順調に進んでいく。

今ではすっかり俺に懐き、尽くしてくれていた。

俺のお願いを聞いてくれるのはもちろん、最近では彼女のほうから求めてくることさえあった。

始めが脅迫だったため、その変化には驚く部分も多いのだが、結局のところ莉子のような美少女に尽くされているわけで、喜びのほうが大きい。

脅されているうちにストックホルム症候群みたいな状態になったのかもしれないし、単純に快楽の虜になったのかもしれなかった。

本当の内面までは、俺にはわからない。

それは別に、こういう関係に限った話じゃないはずだ。

俺にとって重要なのは、過程や狙いはどうあれ彼女が俺に尽くしてくれること、彼女を好きにできることだ。

そんなふうに莉子と幸福に暮らしていると、仕事も上手くいきはじめた。

彼女と過ごすことによって心に余裕ができたのと、莉子のような子と一緒にいられるのが自信になったのだろう。

これまでのように、灰色の人生に追い詰められることがなくなったため、のびのびと力が発揮できている。

結果的に効率は上がり、仕事が上手くいっているのだった。

そんな仕事中の休憩時間に、莉子がバックヤード奥の事務所を訪れた。

「哲さん♪　お疲れ様です」

「ああ、お疲れ」

彼女はもう上がる時間だ。

普通ならわざわざ店長に挨拶などせず帰っていいのだが、あるいはこの後で、家にくるとか言いに来たのかもしれない。

「今、休憩時間ですよね？」

「ああ。今日の帰宅は九時くらいになると思うけど」

そう告げると、彼女はうなずいた。

「そうなんですね。でも今日は私は、ちょっと早く帰らないといけないので」

「ああ、そうか」

実家暮らしである彼女は、当然そのあたりも自由というわけにはいかない。

うちに入り浸る頻度は増えたものの、それはあまり怒られない範囲で、という感じだ。元が真面目だったため、ある程度は家族からも信頼があるみたいだが、そこは年頃の女の子。

迂闊に外泊などはできないようだった。

まあ、俺としてもそこでごたついてしまうのは本意じゃないしな。

「だから……」

そう言って、彼女が俺に近づいてくる。

莉子の甘い香りが鼻腔をくすぐり、その妖艶な笑みに引きつけられてしまう。

「哲さんの溜まっちゃってるもの、ここで抜いてあげますね♪」

そう言うや否や、彼女は素早く俺の元にかがみ込み、ズボンを脱がしていく。

「うおっ……」

驚いているうちに、彼女は下着を下ろして肉竿を取り出した。

「まだ柔らかいですね。ふにふに」

「莉子……」

まだ平常状態の肉竿を、くにくにといじっていくる。

「この状態もこの状態で、なんか可愛いですよね。大きくなったときは、あんなに凶悪な感じなのに……」

細い指が楽しそうにペニスをいじり、刺激してきた。

そんなふうにもてあそばれていると、すぐに肉棒が膨張し始める。

「わ、大きくなってきた。哲さん、気持ちいいんですね」

「莉子はどんどん上手くなるな……」

俺が感心半分、呆れ半分で言うと、彼女は朗らかな笑みを浮かべた。

「哲さんに気持ちよくなってほしいですから♪」

そう言うと、膨らみかけの肉竿をさらに刺激してくる。

慣れた彼女の手ほどきで、すぐに完全勃起へと導かれていった。

「おちんちん、硬くなりましたね。それじゃ、ちゅっ♥」

「うおっ」

彼女はそのまま、肉竿にキスをしてきた。

この時間は休憩の子がおらず、他のバイトたちが使うバックヤードよりさらに奥の店長室ではあるものの、薄い扉一枚隔てたところでご奉仕されるというのは、やはり独特の気持ちよさがあるものだ。

「ちゅっ、れろっ……」

「あぁ……」

俺の股間へとかがみ込んで、肉棒に奉仕する莉子。

ちろちろと舌を伸ばして、肉竿を懸命に舐めている。

「れろっ……ちゅっ……ちろっ……」

そのご奉仕中の表情は妖艶で、無理矢理だった最初の頃とは全然違うものだ。

エロくも可愛らしく、肉棒へとご奉仕をしてくる。

「ちゅっ、れろっ……哲さんのおちんちん、れろっ、ちろっ……舐めるたびに反応してかわいいですね♥」

そう言って責めてくる彼女の頭を、軽く撫でる。

「んっ……♥」

莉子は嬉しそうな顔をして、そのままフェラを続けてくる。

「れろぉぉっ……」

先端から根元へと下を伸ばして、大きく舐めてくる莉子。

清楚な見た目とそのドエロさのギャップが、俺をさらに興奮させていった。

「こうやって大きく舐めると、哲さんのおちんちん、すごく喜びますよね。んむっ、ちゅっ……」

「ああ……莉子のエロい姿も好きだしな」

「んっ。哲さんはえっちなの、大好きですもんね」

嬉しそうに言う莉子が、さらにフェラを続けていく。

「れろっ、ちゅっ……あむっ♥」

そして口を大きく開けると、先端を咥えこんでくる。

「あむっ、ちゅぷっ……ちゅぅっ……」

「う、あぁ……」

そしてそのまま、肉棒をしゃぶり、吸いついていく。

あたたかな口内に包み込まれるのは気持ちがいい。

「ちゅぷっ、れろっ……ちゅっ……」

彼女は片手で肉棒の根元を軽くしごきながら、顔を前後に動かして、口内でも肉棒をしごきたててくる。

「ちゅぱっ、ん、れろっ……」

さらに舌を小刻みに動かし、裏筋も責めてくるのだった。

その熟練技の気持ちよさに浸っていると、莉子のほうも上機嫌になっていく。

「ちゅぷっ。れろっ……ふふっ、哲さん、すっごく気持ちよさそうですね。れろっ……先っぽから、いっぱいお汁が溢れてきちゃってますし」

「ああ……うっ、見た目もエロいし、どんどん上手くなってるからな……」

「こうやって……すると、もっと気持ちいいですか？　あーむっ、ちゅるるるるるっ」

「うあぁっ……！」

彼女は深く肉棒を咥えこみ、鼻の下を伸ばす下品なフェラ顔をすると、そのままバキュームをしてくるのだった。

「ちゅっ、れろっ、ちゅぶっ……」

上目遣いに俺の様子を見ながら、肉棒に吸いついてくる。

「う、莉子……」

「じゅるるっ……じゅぶっ、ちゅぅぅっ！」

「あぁ……吸われる！　そんな……したら、もう出ちゃうぞ！」

俺が声を漏らすと、ここぞとばかりにバキュームを強めてくるのだった。

「じゅぶっ、じゅるっ、れろろっ、じゅるるっ！」

下品なくらいに音を立てて吸いついてくる莉子に、俺はされるがままだ。

こんなに激しく音を立てて、楽しそうにチンポをしゃぶっているなんて。

そう思うだけで、精液がこみ上げてくるのを感じる。

「あぶっ、ん、ちゅぱっ……哲さん、そろそろイキそうですね？　おちんちんの先っぽが、張り詰めてますよ」

そう言いながら、きゅっと根元のあたりを締めてくる。

「れろぉっ……♥」

そして大きく舌を伸ばして、肉棒を舐めあげてきた。

「こうやって、ん、舐めて……後は一気に、あむっ」

そして再び咥えこむと、頭を大きく前後に動かしていく。

「じゅぶっ、ちゅっ、れろっ、ちゅぅぅっ！」

「うぁっ……すごっ……」

そして激しくバキュームをしながら、射精を促してきた。

「じゅるるっ、じゅぶっ、ちゅぅっ！　れろっ……ちゅっ、ちゅぼっ、じゅぼっ、じゅぶぶぶっ！」

「う、くぅ。無理だ、出るっ……！」

「んむぅっ♥」

俺は彼女の口内で気持ち良く射精した。

肉棒が跳ねながら精液を、莉子の可愛らしいお口へと注ぎ込んでいく。

「んむっ、ちゅっ、んくっ……♥」

勢いの良い射精を受けつつも莉子は肉棒から口を離さずに、俺の精液を飲み込んでいった。

「ちゅぅっ、ちゅぷっ……ん……こくっ……んんっ」

「莉子、あぁ……」

それどころか、さらに肉棒に吸いついてきて、残った精液までを、ペニスをストローのようにして吸い出してしまう。

「うぁ……」

その気持ちよさには、さすがに腰が抜けそうになった。

「ちゅっ、ん、ごっくんっ♪」

そうして、彼女は精液をすっかり飲むと、今度は舌を這わせてきた。

「れろろっ、ちゅっ、んくっ」

「それ、今は敏感だから、うぁっ」

彼女は射精直後の肉棒をなめ回し、満遍なくきれいにしていく。

「ぷはっ……あぁ♥ 哲さんの精液、すっごいえっちな味がしてます♥」

きれいに舐めとってから、彼女はようやく肉棒を解放してくれた。

妖艶な笑みを浮かべながら、莉子はとろんとした目で俺を見つめている。

射精後の満足感と倦怠感に襲われながら、俺もそんな彼女を見ていた。

「んっ……本当は続きもしたいですけど……今日はここまでですね。哲さん、今度はもっと激しいの、しましょうね♪」

「あ、ああ……」

とても積極的になった彼女は、明るい笑みを浮かべると、身支度をしていく。

そして早く帰らないとという言葉通り、そそくさと帰宅する。

そんな彼女を見送ってから、俺はぼんやりと考える。

こんなにも積極的で健気な彼女に尽くされている今の俺は、本当に幸せなんだ、と。

「さて、じゃあ俺は、もう少し頑張るか」

莉子の吸い尽くすようなフェラで、体力はともかく精神的にはすごく元気になったこともあり、俺は仕事にも力を入れられるのだった。

○

そんなふうに毎日を過ごしていると、ある休日、莉子にデートへと誘われた。

「最近、一緒にいられる時間、少し減っちゃいましたからね」

残念そうにそう言う莉子は、もう本当にただの、予定が合わなくて寂しがっている恋人のようだった。

学生である莉子は、実家の都合などもあって自分で予定をやりくりするのが難しい。

家族の都合でも、いろいろと変わってくる。

俺のほうも、まあ店長という仕事なので、様々な穴埋めなどに翻弄されがちだ。

そんなわけで、ここ最近は少し、一緒に過ごせる時間が減っていた中での提案だ。

俺はもちろん了承の旨(むね)を返したが、そのことで不思議な気持ちになっていた。

彼女と昼に出歩くというのは、初めてではないだろうか。

最近では、恋人のように、時には通い妻のように尽くしてくれ、エロいことにも積極的になった彼女だが、それはあくまで店内や俺の家でのことだった。

まあ、野外でしたりもしたけれど。

何にせよ、始まりが身体の関係だったこともあり、基本的に周囲には知られることのないような付き合い方だった。

俺と莉子では単純に見た目も釣り合わないし、その上、かなり歳も離れている。

どう考えても俺自身は、一回り以上も下の美少女と並んで歩くような見栄えをしていないしな。

とはいえ、それに臆(おく)するような意味もないだろう。気にせずデートしよう。

普段はよく俺の家に来る彼女だが、今日はデートということで、待ち合わせもわざわざ外でだった。

俺は慣れないデートに少し緊張しつつ、少しだけいつもよりは見た目の良い格好で、待ち合わせ場所に向かう。

莉子に指定されたのは駅前だった。

近くのコーヒーショップでもいいのではと思ったが、彼女は外で待ち合わせをしたいようだった。

まあそのほうが、なんとなくデートの待ち合わせっぽい感じではあるかな。

そんなわけで、少し早めの時間に場所へと向かった。

莉子はとても美人だし、一人にするとナンパとかされそうだしな。

あれだけの美人、しかもおっぱいも大きいとなれば、ナンパ自体はされ慣れているとは思うが、上手くかわすのが下手そうでもある。

そんなわけで待ち合わせ場所に着いてみたのだが……なんと、すでに莉子は待っていた。

彼女は人混みに俺を見つけると、ぱっと顔を輝かせる。

うん、本当にただただ、恋人って感じの反応だな。

「哲さん、早いですね」

「莉子はもっと早かったみたいだけどな」

そう言うと、彼女ははにかむような笑みを浮かべた。

「楽しみだったので、つい」

「そうか……」

俺はそう言って、彼女を眺める。

今日の服装は白を基調としたワンピース姿で、清楚な彼女によく似合っていた。

くわしいブランドとかはよくわからないものの、シンプルながら、ちょっとしたデザインや素材の良さを感じさせる感じだ。

もしかしたら、スタイルの良い莉子が着てるから、そう見えるだけなのかもしれないが。

なにせ、立っているだけで絵になるような美少女だ。

こうして外で会うと、それをあらめて認識させられる。

周りの視線ももちろん彼女に注がれている。

莉子のような巨乳美少女が街中にいたら、俺だってもちろん見るだろう。

そんな彼女の隣を歩いているのだと思うと、男としての優越感がどんどん湧き上がってくる。

休日昼間の街並みを、莉子と並んで歩いてゆく。

それなりの人出がある街の中を堂々と並んでいるというのは、なんだか不思議な感じがした。

「……こうして出かけるのも、新鮮ですね」

「ああ。これまではあまり、休みに出かけるようなこと自体がなかったしな」

そんな話をしながら、まず映画館へと向かっていく。

「哲さんは映画ってよく見ますか？」

「いや、映画館にはあまり行かないかな……莉子は？」

「私も、映画館はあまり行きませんね。ストリーミングで見ることが多いです」

「なるほどなぁ」

俺が彼女くらいの年齢の頃はまだ、一部のマニア向けみたいな印象だったオンデマンド配信サービスも、今ではだいぶ一般に普及している。

かくいう俺も、一応は入っているしな。最近はあまり見ていないし、面倒だからと解約せずに、放置しているだけになっているが。

久々に来た映画館はかなりきれいで、広々としていた。

俺たちが見るのは、ちょっと話題になっていた恋愛映画だ。

普段の自分なら絶対しないチョイス。

そんな映画をふたりで見るというのは、とてもデートらしいな、とか思った。

俺たちは並んで座り、映画を見始める。

内容はわりとよくある、少しコメディータッチの恋愛もので、主演たちのファンが主に楽しむようなものだった。

普段見ないこともあって、これはこれで新鮮で楽しめる。

ただそれ以上にやはり、莉子と一緒に映画を見ているということのほうに、喜びを感じてしまうのだった。

そんな映画鑑賞を終えると、俺たちは近くのカフェに向かう。

そこで映画の感想なんかを話したり、そのうちに少し話題がそれて、お互いのことを話したりしたのだった。

映画同様、内容自体は他愛のないものだったが、やはり彼女とこうして過ごす時間というのが新鮮で楽しいものだった。

昼間に会う、普段通りの莉子。

身体だけの関係ではないやりとり。

始まりを思えば、これは望外の好ましい変化だ。

気恥ずかしくも、心地よい時間だった。

胸の奥が、温かくなってくる。

けれどももちろん、恋人同士だからこそ、やることはあるわけで……。

カフェで話を終えた俺たちは、自然とホテルへと向かっていた。

「なんだか、初めてでドキドキしますね」

彼女は俺に腕を絡めたままそう言った。

柔らかなおっぱいを腕に押し当てている彼女の声は弾んでいる。

莉子のほうが、ラブホテル初体験に俺よりも乗り気なくらいだ。

すっかり快楽の虜になっているらしい。

今でも仕事中などでは充分に清楚な雰囲気だが、エロいこととなると、かなり積極的になっている。

そんな彼女は本当に、エロエロで最高だ。

俺だけが知っている、ドスケベな莉子の姿だった。

「わ、ベッドも大きいですね」

そう言いながら、彼女がラブホの部屋を見回す。

その姿は少し無邪気で、さっきまでのデートの延長戦に感じられる。

けれど……。

「ね、哲さん♪」

振り返った彼女の顔は妖艶で、あっという間に女のものになっていた。

莉子は妖しくこちらを誘ってきている。

そんなふうにされては、俺が我慢できるはずもない。

さっそく彼女を抱きしめると、ベッドへと押し倒す。

「あんっ、もうっ♪」

急なことでも彼女は嬉しそうにして、ベッドへと素直に倒れ込んで俺を見上げた。

そしてぎゅっと俺を抱き寄せる。

「ん、ちゅっ♥」

そのままキスをして、潤んだ瞳を俺に向けてきた。

「んっ……莉子」

俺からもキスをして、そのまま何度も繰り返していく。

「ちゅっ、んっ……」

「んぅっ……れろっ……」

だんだんと深く、舌を絡め合う俺たち。

彼女の舌を自分の舌で撫で、口内を犯していく。

「れろっ……んぅっ……♥」

お返しとばかりに、彼女もこちらの舌を愛撫してくる。

そうして舌を絡め合い、唾液を交換し合うと気分も盛り上がってくる。

俺はそのまま、彼女の胸へと手を伸ばした。

「んぅっ、んっ……」

服をはだけさせ、下着をずらして、ぶるんっと現れたそのおっぱいを揉んでいく。

なめらかな肌の触り心地と、極上の柔らかさ。

両手でその巨乳を、存分に堪能していく。

莉子も遠慮なく嬌声を漏らし、俺の耳を楽しませる。

ラブホというセックスのためだけの空間が、俺たちをより大胆にさせているようだ。

「んむっ、ふぅ、んっ……」

胸を揉まれて感じ始めた莉子の呼吸が乱れてくる。

キスをしているため、その変化を顕著に感じられた。

「んむっ、ふぅ、んぁっ……」

漏れる吐息を感じながらキスをし、その胸を揉みしだいていく。

柔らかなその感触に浸りながら、舌先も忘れずに動かしていった。

「んぅっ、ふぅ……哲さん……」

彼女は唇を離すと、潤んだ瞳でこちらを見つめる。

「あふっ、ん……」

まだまだ物足らないとでも言いそうな莉子の視線に応えて、両手で胸を揉みながら、彼女の首筋へと舌を這わせる。

「ひゃうっ♥　ん、うぅっ……」

敏感に反応していく莉子を感じながら、今度はそのおっぱいへと顔を埋めた。

「あんっ、哲さん……♥」

彼女はそれを見て、俺の頭をぎゅっと抱きしめてきた。

「うおっ……」

むぎゅり、と彼女のおっぱいに顔が埋もれる。

柔らかさに包み込まれ、甘やかな匂いが鼻腔に香る。

「哲さん、ほら、大好きなおっぱいぎゅーっ」

彼女は楽しそうに言いながら、ぐいぐいと胸を押しつけてくる。

幸せな息苦しさを感じながら、俺は彼女のおっぱいを堪能していった。

莉子はおっぱいに俺を押さえつけたまま、いたわるように頭を撫でてくる。

「なんだか、こうやって哲さんをあやしていると、不思議と落ち着きますね」

「そうかな……むぐっ」

おっぱいに顔を埋めたまま、俺は答える。

服越しなら安らぎももっとあるのだろうが、生おっぱいとなると、俺のほうは安心よりも興奮のほうがずっと強い。

俺は抱きかかえられたまま、その乳首をいじり始めた。

「あんっ、もう、んっ……♥」

彼女はやはり乳首が弱いらしく、可愛らしい反応をする。

「もう、ん、あぁ……♥」

彼女は俺を抱えたままごろりと身体を転がして、体勢を入れ替えた。

そして身体を起こし、俺の上に跨がる形になる。

「哲さんはえっちですね。おちんちんもガチガチです」

そう言いながら身体を反転させて、俺の股間へと顔を近づけていく。

すると当然、莉子の股間が俺の顔の上に来ることとなった。

揺れるスカートから、下着を覗くことができる。

「莉子だって、もう濡れてるみたいだけどな。ほら」

「ひゃうっっ♥」

俺は目の前にきた下着越しの割れ目に触れる。

湿り気を帯びたそこを、そのまま指でなぞっていく。

「んぅっ、あっ……私だって、えいっ」

莉子は俺のズボンに手をかけて、そこから肉棒を取り出してしまう。

そして勃起しているそれを、きゅっと握ってきた。

「ふふっ、こんなに大きくして、えっちな匂いもさせて……♥」

うっとりと言うと、莉子は肉竿に顔を近づけたようだ。

直接見えはしないものの、彼女の吐息が肉棒にかかってそれがわかった。

「ふぅー、ふぅー」

俺が反応したのがわかったのか、彼女は肉竿の先端へと息を吹きかけてきた。

その淡い気持ちよさを感じながら、俺は彼女の下着を下ろしていく。

「あっ、んっ……」

そしてお尻へと手を回し、現れたおまんこをぐっと引き寄せていく。

彼女の大切な場所がすぐ目の前にきて、いやらしくこちらを誘っていた。

「んぁ、あぁ……哲さん、んぅっ。そんな、吸いついちゃ、んぅっ」

俺は魅惑の花園へと口を近づけ、愛撫していく。

莉子は甘い声をあげながら、腰を震えさせ、軽く動かしてくる。

「んぁ、あ、あうっ♥」

潤んだ花弁に口をつけ、舌を伸ばしていく。

柔肉をかき分けながら先端を挿入すると、筆口が舌を軽く締めてくる。

俺はそれを押し返しながら、舌先で舐めましていった。

「んはぁっ♥　あっ、んぅっ……哲さんの舌が、私の中に、んぅっっ、あうっ……私も、れろっ、ちゅっ♥」

「うおっ……」

莉子は俺の肉棒を舐め、口づけをしてきた。

柔らかな唇が触れるのを感じながら、俺もお返しにおまんこをなめ回していく。

「んむっ、ちゅっ♥　れろっ、んぁっ、あぅっ……ふぅ、れろろっ……ちゅぷっ、ん、んうっ♥」

彼女はちゅぷちゅぷと、音を立ててフェラをしてくる。

俺も負けじとおまんこへ舌を這わせ、敏感な突起を舌で刺激し続けた。

「ひゃうっ♥　あ、そこっ……クリちゃん、だめですっ、んぅっ……！　あ、んはぁっ♥

あうっ……！」

　淫芽を舌でいじられ、莉子がびくんと身体を跳ねさせる。

　そんな彼女のお尻を掴んでぐっと寄せ、俺はさらにクリトリスを責めていった。

「あふっ、んぁ、ああっ……だめっ、んん、あぁっ♥　私も、んっ、あむっ♥　れろっ、ちゅうっ♥」

　そこで彼女は肉棒を咥え込むと、いきなりバキュームしてきた。

「うぁ、ああっ……」

　突然に刺激が強くなり、思わず声を漏らしてしまう。

　そんな俺の反応に気を良くした莉子は、さらに肉棒を深く咥え込んできた。

「じゅぶっ……んむっ、ちゅっ、ちゅぅっ♥　はむっ、じゅぽっ、じゅるっ……ふふっ、どうですか、哲さん♥」

「あぁ……それはなかなか、だがこちらも、れろっ、ちゅぅっ」

「んむっ♥　ん、あぁ……ふぁ、あっ、そんなに吸いついちゃ、んあっ♥　あっ、だめぇっ、敏感だから、んぅっ！」

　クリトリスに吸いつき、そこを舌でいじめていく。

　莉子はその刺激に身もだえながら、切なそうに甘い声を漏らしていた。

　そうなれば愛液も、際限なく溢れ出してくるのがわかる。

「はぁん、んうぅっ、あうぅっ……♥」

彼女の声で、充分に高ぶっているのが伝わってきた。

「あふっ、ん、もう、あぁっ……！」

そのまま秘部を責めようとしていると、彼女がお尻をあげる。

それを引き留めようとしたものの、莉子がはっきりとおねだりしてきた。

「哲さん、んぅっ、もう、挿れたいですっ♥ んぁ、あうっ……」

「そうか」

おまんこを濡らしながらそんなことを言われると、俺としてもすぐに挿入したくなってしまう。

そこで身を起こそうとしたものの、彼女はそれよりも先に腰を浮かし、位置を調節して再び跨がってきた。

「あふっ、哲さんのおちんちん、私が挿れちゃいますね……♥」

そう言って俺の腰のあたりに移動し、こちらに向き直った莉子が妖艶に微笑む。

そのまま肉棒をつかむと、自らの入口へと亀頭を誘導していった。

このまま騎乗位で繋がるつもりらしい。

セックスに積極的になっている美少女を、下から見上げるのも至福だ。

「んうっ、あ、あぁっ♥」

彼女はそのまま腰を下ろして、肉棒をおまんこに咥えこんでいった。

「あふっ、んぁ、あぁ……哲さんのおちんちん、私の中に、んぅっ、はいってきたぁっ。あふっ、んぁっ♥」

莉子は心底嬉しそうに言うと、そのまま腰を動かし始める。

膣襞が肉棒を歓迎してきて、小刻みに震えていた。

莉子のおまんこの気持ちよさは、やはり極上だ。

「あふっ♥　ん、んぅっ……」

彼女が腰を動かし始めると、粘膜同士がこすれていき、快楽を膨らませていく。

「あふっ、ん、あぁ。哲さんっ、んぅっ、あ、んくぅっ♥」

先ほどのシックスナインでは、盛り上がりつつも絶頂を迎えていなかったからか、彼女は最初からハイペースで腰を動かしていく。

「あ、んぁっ♥　ふふっ……哲さん、どうですか？　もうイッちゃいます？　あ、ん、ふぅっ……♥」

男を貪る妖艶な表情で俺を見下ろしながら、腰を振っている。

大きく身体を動かすたびに、そのおっぱいが柔らかく弾み、視覚的にも俺を追い込んでくるのだった。

「んぅっ♥　ふっ、あっ、あぁ……♥」

咥え慣れてすっかり俺の肉棒に馴染んたその蜜壷が、うねりながら絞り上げてくる。

その快感だけで流されそうになるが、彼女はさらに緩急をつけながら、新たな刺激を送り込んでくる。

「ほらぁっ♥　あっ、んっ……私の中にっ……いっぱい、出して下さいっ♥」

すっかり抵抗がなくなっているのか、今日も中出しをおねだりしてくる始末。

しかし、その大胆さは俺の心を満たしていった。こんなにも可愛らしい美少女にそこまで求められれば、思いきり中出ししてやらねばならないだろう。

「うっ、莉子……いくぞ」

「あうっ、哲さん、んぁ、きてくださいっ♥　そのまま、私の中に、精液、んぁっ♥　いっぱい、んくぅっ！」

彼女はそう言うと、さらに大胆に腰を振りながら肉棒を締め上げてくる。

蠢動する膣襞が肉竿に絡み、こすりあげていた。

おっぱいを揺らしながら、エロい顔でこちらを見つめ腰振りを行う莉子の姿は、ドスケベで可愛らしい。

「ひうっ、んぁ、ああっ♥　私も、もうっ、イっちゃいますっ！　哲さんも、あっあっ♥　一緒に、んぅっ……」

「ああ、こっちも、うぁっ……」

嬌声を上げながら、精液をおねだりして腰を振っていく莉子。

そんな彼女にめいっぱい求められて、俺は限界を迎える。

「んぁっ、あああっ！　おちんちん、奥を突いてきて、んぁっ、ああっ♥　イクッ、イクイクッ！　んくううぅぅぅっ♥」

「あくっ、出るっ……！」

びゅくくっ、びゅるっ、びゅるるるるるっ！

「んはぁぁぁっ♥　あっ、あああぁぁぁっ！　きてる！　あついの、いっぱいぃぃぃーーー！」

彼女の絶頂とともに、俺も射精した。

その中だし精液で、莉子はさらに感じ入っているようだった。

「んはぁっ♥　あっ、すごい、しゅごいのぉっ♥　私の中に、んぁっ、ああっ、哲さんが、ん、んはぁっ……」

「うぁ、莉子……そんな締めると……」

絶頂しながらさらに締めつけてくる莉子に、俺は思わず声をあげる。

隙間なく精液を絞り上げてくるその淫乱おまんこに、俺は一滴残らず搾り取られていくのだった。

「あぁ……♥　ん、くぅっ……」

そしてしっかりと精液をむさぼった莉子が、満足そうな声をあげる。

「哲さん……♥」

彼女は上気し、とろけたエロい表情で俺を見つめ、そのまま身体を倒してくる。

「ずっと、一緒ですよ……」

「ああ」

俺は莉子をしっかりと抱きしめながら、うなずいた。

そしてしばらくはそのまま、イチャイチャとして過ごすのだった。

○

先日の映画デート以来。俺たちはもうすっかり恋人として、同じ時間を過ごすことが当たり前になっていた。

以前は店長室や俺の家など、限られた場所で秘密裏に会うという感じだったのに、今では大手を振って一緒に街に出ることが多い。

とはいえ、俺の家での交流が減るかと言えば、そんなこともなかった。

莉子も元々、そこまで外出するタイプではないらしく、家でのんびりと過ごすのも好きみたいだ。

莉子にとっての安らぎの場所が、自宅から俺のところに変わっただけである。

最初のころを考えれば信じられない変化だが……ここ最近の彼女を見ていると、なんだかもうそれが自然になってしまっていた。

そして今日は、お互いに休みの日。

もちろん、彼女は俺の家に来ていた。

昼食を終えた後のゆったりした時間になると、彼女は上機嫌な様子でソファーに並んで座り、俺の肩に頭を預けてくる。

「～～～♪」

軽く鼻歌など歌いながら、俺に寄りかかってニコニコしている莉子。

こうなると、おじさんである俺のほうはどうしていいかわからず、そのまま座っていることしかできなかった。

だが彼女は、こうして並んで座って、かるく頭を預けるだけで満足しているらしい。

微笑ましいような、むずがゆくて落ち着かないような……そんな感じで、俺はただただ甘い雰囲気に身悶えてしまうのだった。

そんな時間をしばらく過ごしていると、ちょっとだけ、うとうとしてきてしまう。

こんな休日は平和すぎて、不思議な感じだ。

「そういえば哲さん」

「うん？　なんだ？」

「このあいだお掃除してるときに、ソファの下を見たんですけど……」

「あ、ああ……」

俺は、莉子の急な言葉に少し動揺しながらうなずいた。

というのも、ソファの下には、とある類いの本やＤＶＤが置いてあったからだ。

莉子が来るようになってからは、目に付く場所に出しておくのは問題だろうと思って、隠しておいたものである。

彼女と関係をもってからは使う機会もなく、半ば存在すら忘れていた。

「哲さんって、ああいうのが好きなんですね」

「ああ、まあ……」

俺は曖昧にうなずいた。

というのも、それほど尖った内容のものは持っていないので、莉子が言う「ああいうの」というのが何か、よくわからなかったからだ。

かといって、俺のほうから聞くのもなんだか変だ。

そんな訳で曖昧にうなずくと、彼女が切り出してきた。

「その、そういうのが好きなら、やってあげましょうか？」

ちょっと恥ずかしげに、しかしなぜか興味津々といった感じで、莉子がそう言ってくる。

「ほう……」

俺は思わず、彼女を見つめた。

莉子が何を見つけたのかはわからないが、そこまで変なものは置いていなかったはずだし、エロいことができるなら大歓迎だ。

「それなら、やってもらおうかな」

「はいっ。じゃあ、ちょっと待っていてくださいね」


というわけで少し待ってみたところ、彼女は奥で着替えると、さっと俺の横を通り過ぎてキッチンへ行ってしまった。

あれっ、と思いながら目を向けると、莉子はキッチンに立っていたのだが……。

「おお、なるほど……」

その後ろ姿は、ほとんど裸だった。

きれいな背中のラインに、丸いお尻が丸見えだ。

申し訳程度に肩や腰に、ひものようなものが見える。

つまり、裸エプロンだ。

どうやら彼女が見つけたのは、裸エプロンモノだったらしい。

せっかくなので、俺は後ろからじっくりと彼女を眺めた。

すでに食事は終わっているため、実際に何かを作っている訳ではないのだが、キッチンであれこれとそれっぽく動いている莉子を楽しむ。

動くたびに頼りないエプロンがひらひらと揺れるのは扇情的だ。

それに、家事をしている風なのに、お尻がずっと見えているというのもかなりエロい。

日常の中にある、非日常的な裸というのは、やはり男をそそらせるものだな。

そういえば……。

莉子は露出プレイでもしっかり興奮するし、えっちを他人に見られることにも喜んでいるふしがある。彼女にとっても、これは興奮するシチュエーションなのかもしれない。

なんだかんだ言って、やはり俺たちはエロへの相性がいいのだろう。

そんなことを考えながら、俺は莉子の後ろ姿を眺めていた。

「んっ……うぅっ……」

俺の熱い視線を感じて、彼女が小さく声をもらす。

今もまた、俺に見られて興奮しているのだろう。

キッチンで裸というのは、やはり彼女のほうにとっても、興奮材料が多い状況なのかもしれない。

少し足をもじもじとさせているのも、エロくて可愛らしい。

俺はだんだんと我慢できなくなり、そんな彼女を後ろから抱きしめた。

「あんっ」

裸エプロンでは背中側はほとんど肌が隠れていないため、抱きしめる俺を敏感に感じることができるはずだ。

「哲さん、んっ……あっ！」

俺は後ろから抱きしめたままの姿勢で、エプロン越しのおっぱいを揉んでいった。

もちろんノーブラなので、エプロンの薄い生地越しに彼女の乳房を味わうことができる。

「んぁ、うっ……♥」

莉子は嬉しそうに身もだえて、されるがままになっていた。

実際に料理をしているときなら危ないかもしれないが、今はただエロい格好でキッチンに立っているだけなので、突然襲いかかっても問題ない。

「あっ、もう、こんなところで、んっ……♥」

自分から誘っていたくせに、莉子はキッチンで胸を揉まれるのを恥ずかしがるような声を出した。

実際、乳揉みは恥ずかしくはあるのだろう。

けれどその羞恥が、彼女をさらに感じさせていく。

「うぁっ、んっ……。哲さん、んぁっ……」

「そんな格好で誘ってるんだから、こうされるのは当たり前だろ？」

「あぅ、そう、ですけど……♥」

頬を染めて恥ずかしがり、ちょっと嫌がるふりをしながらも、実際には楽しんでいるのが伝わってくる。

「ほら、乳首だって、もうこんなに立ってる」

「ひゃうっ♥」

薄いエプロンはほとんど何も隠すことはできず、俺はそのつんと尖った乳首をたやすく探り当てて、つまんだ。

「あっ、んぁ♥ だって、だってぇっ……♥」

彼女は小さく身をよじりながら、甘い声を出す。

柔らかな乳房の感触と、しこりのように弾力のある乳首。

それ自体とても魅力的なのだが、それをキッチンで、裸エプロン越しにやっていると思うと、さらに興奮してしまう。

「んぅっ、あぅっ……」

「男の部屋で自主的にこんな格好をして、乳首いじられて感じちゃうなんて……莉子はやっぱりヘンタイだな」

「あうっ♥ んぁ、それは……んぅっ……」

彼女は当然否定しきれずに恥ずかしがるが、それもすぐに気持ちよさに変換されているみたいだった。

俺のほうも、そんな彼女を見ていると興奮してしまう。

「んぁ♥ 哲さんだって、んぅ……私のお尻に固いの、当たってますよ？」

「うっ……」

そう言いながら、彼女がお尻を振って、肉棒を刺激してくる。

いくらズボンを穿いてはいても、莉子のむきだしの白いお尻が動いて肉棒をこすっていると思うと、どうしても激しく高ぶってしまう。

「ほら、んっ♥ もうこんなに大きくして、ズボンの中で苦しそうです♥」

「じゃあ、莉子のほうは……。うん、もう準備できてるみたいだな」

「あうっ♥ んぁ……」

俺は胸を触っていた手を下へと動かし、彼女の足の間へと忍び込ませる。

ほとんど防御力なんてないエプロンをかいくぐり、その花園に触れるとくちゅりといやらしい水音がした。

「裸エプロンで俺を誘いながら、自分は最初からこんなに濡らしてるなんてな」

「あふっ、それは、んぅっ……」

「でも、俺はエロい莉子も大歓迎だ。ほら、もっといやらしい姿を見せてくれ」

「あぅっ♥ ん、あぁ……哲さん……うれしい♥」

そう言って彼女はおねだりするようにお尻を動かして、肉棒をこすってくる。

俺がお願いしたとおりのドスケベなメスの仕草に、肉棒がたぎった。

「莉子……」

「あんっ♥　あぅっ……」

俺は彼女を一度ぎゅっと抱きしめてから、肉棒を取り出す。

そして抱きしめたまま、猛ったものを彼女の入り口へと宛がった。

「あっ、ん、硬いおちんちん……すごく、熱くなってますね」

「ああ。莉子のここも熱くて、蜜がいっぱい溢れてきてるな」

「んぅっ、あ、あんっ♥」

そう言って膣口のあたりを肉竿でこすっていく。

すぐに愛液で肉棒が濡れていった。

これならもう挿入できるだろう。

俺は侵入角度を調節して、立ったままでおまんこに肉棒を挿入していった。

キッチンでの立ちバックなんて、エロマンガみたいで楽しい。

「あふっ、ん、あぁっ！　硬いの、入ってきてるっ……うぅっ♥」

「ああ。裸エプロンの莉子と、キッチンでつながっちゃってるな」

「ぁっ、あうぅっ……♥　こんなの、んっ……」

「恥ずかしいか？　でも、莉子のここはすごい喜んでいるみたいだ」

膣襞が肉棒を受け入れて、嬉しそうに絡みついてきていた。

普段とは違うシチュエーションでのプレイに、興奮しているみたいだ。

「だ、だってこんな……恥ずかしいのに、ぁんっ♥」

「やっぱり莉子は、恥ずかしいほど感じるヘンタイなんだな」

「うぅっ……♥　哲さんのせいで、私、すっかりえっちな女の子になっちゃいました……あっ、んぅっ」

「たしかにな。最初は清楚で……というか、今だって俺以外の人は、莉子のことを真面目で清楚だって思ってるだろうな。チンポでこんなこと……されてるなんて思わないさ！」

「んぁっ、あっ、んぅっ……！」

煽るように軽く腰を動かすと、彼女は喘ぎ声をあげる。

「こんなふうに、すごくえっちな女の子だなんてこと、誰も知らないだろう」

「あぅっ、そ、それはそうですよ……。私が、んぁっ、えっちなのは、哲さんの前でだけです……」

彼女は照れながらもそう言って、おまんこをきゅっと締めてきた。

実際、色気が出てきてより魅力的になったぐらいには思ったとしても、彼女がこんなふうに、俺を喜ばすためのご奉仕エッチで毎日セックスしてるなんて想像もつかないだろう。

「でも、それはどうだろうな」

「えっ⁉」

思わぬ俺の言葉に、莉子は驚いた声をあげる。

「俺の前だけ、じゃないだろ？　莉子のエロさは」

そう尋ねると、彼女は珍しく怒った声になった。

「そんなことっ！　私、哲さんしか、んぁっ♥」

そんな彼女の反論をチンポで突いて遮りながら、俺は続ける。

「ひとりのときだって、きっと莉子はえっちなはずだぞ？　だってソファーの下を探してエログッズを見つけてからすぐに、こうしてもらおうって思って、準備してたんだろう？」

「あっ……。う、うぅっ……♥」

俺の指摘に、彼女は顔を赤くしてうつむいてしまった。

そんな莉子が可愛くなり、俺はさらに腰を動かしていく。

「んはっ♥　あっ、哲さん、ん、んぅっ……！」

彼女は立ったままではいられなくなったのか、流し台に手をついた。

そのおかげでお尻がこちらにもっと突き出され、腰を振りやすくなる。

先ほどまでのように密着感があるのもいいが、こうして安定した姿勢で腰を振るほうが、膣内をゆっくり楽しむことができる。

「あふっ♥　んぁ、ああっ、あんっ♥」

そのまま深いピストンを行い、膣内を往復していく。

蠕動する膣襞をこすり上げてやると、おまんこは喜んで吸いついてきた。

「あんっ、あっ、んぁ、ああっ……！」

奥を突かれて嬌声をあげる彼女を、後ろから飽きることなく突いていく。

キッチンに卑猥な音が響き、それが俺たちをお互いに高めていくのだ。

「んはぁっ♥ あっ、あぁっ……！ ん、くぅっ……！ 哲さんっ！ あっ、私、んぅっ、あぁっ……！」

突かれるたびに身体を揺らしながら、莉子がエロい声を出していく。

「キッチンで、んぁ♥ 後ろから犯されて、んくぅっ！ あっ、あぁ……気持ちよくなっちゃってますっ♥」

「ああ……。今の莉子、すっごくエロくていいぞ」

彼女が参考にしたのが、どの本やＤＶＤだったのかはわからない。俺も詳しい内容はもう覚えていないが、それよりも実際のプレイのほうが、ずっと俺を興奮させているのは確実だった。

「んはっ♥ あっあっ♥ 哲さんっ、んぅっ！ 私、あっ、もうっ、ん、イっちゃいますっ、あぁぁっ！」

「ぐっ、う、俺も、そろそろ……」

普段とは違うシチュエーションに昂ぶり、俺のほうもそろそろ出してしまいそうだ。

ラストスパートで、これまで以上に激しく腰を振っていった。

「んはぁっ♥　あっ、あぅっ……おちんちん、ズンズン来てるっ♥　んぁ、私の中、押し広げられて、んぁっ、ああっ！」

激しいピストンに嬌声をあげる莉子。

絡みつく膣襞をこすりながら突いていると、次第に精液が上ってくるのを感じた。

フィニッシュが近づき、莉子のおまんこの弱い部分を集中的に突き込む。

「んはぁっ♥　あっ、ん、くぅっ！　あっあっ♥　イクッ、んぁ、あっ、イクッ、イックウウゥウウウゥッ！」

「う、あぁっ！　出る！」

彼女の絶頂に合わせて、俺も射精した。

「んあぁあっ、あぅっ♥　でてるっ、んぁ、あうっ……♥」

絶頂おまんこに中出し精液を受けて、莉子は甘い声をあげる。

膣襞が収縮して、肉棒から精液をごくごくと搾り取っていった。

しっかりと彼女の中に出し切ってから、肉棒を引き抜く。

「あんっ♥　あぁ……」

引き抜くときも膣襞がこすれたので、彼女がエロい声を漏らした。

俺が脱力する身体から離れると、莉子はそのままこちらを振り向いた。

「哲さん、んっ。よかったですか？」

「ああ、すごくよかったな。それに……」

俺はあらためて莉子を眺める。

着乱れたエプロンはもうほとんど役割を果たせておらず、彼女の魅力的な肢体をさらしてしまっている。

けれど、中途半端には隠れているわけで、それがかえって裸よりもエロいくらいだ。

それに、場所がキッチンだというのもやはりいい。

これからは、普通に料理をしてくれている彼女を見ているだけでも、ムラムラときてしまいそうだった。

「してほしいことは、これからも何でも言ってくださいね♥」

「ああ。莉子もしてみたいことがあったら、ヘンタイなことでも言ってくれていいぞ」

「わ、私は別に……うぅっ♥」

否定しようとしたものの、最近はすっかりエロくなっている莉子だ。

自分でもそれをわかっているため、恥ずかしそうに言葉を詰まらせるのだった。

こんなに可愛い子が、俺の彼女だなんて。

そんな幸福をかみしめながら、俺は照れる莉子を眺めていたのだった。

莉子と関係を持つようになってから、数年の月日が経っていた。

俺たちはあれからもきちんと続き、今では結婚していた。

引っ越しも終わり、正式に一緒に暮らしている。

年の差はかなりあるものの、それはお互いが年齢を重ねるごとに、だんだんと気にならなくなっていくものだ。

逆に見た目に関して言えば、美少女な莉子と、すでに冴えないおっさんである俺との差は、どんどん開いてく気もするがな。

ともあれ、結婚した俺たちは、幸せに暮らしていた。

外で働くとか、専業主婦になるとか、選択肢はいろいろあったけれど彼女は結局、今もうちのカフェでバイトをしている。

それが心から楽しいようだった。

まあ、俺としても莉子の制服姿を見られるし、大歓迎だ。

そんな訳で今では大手を振って一緒にいられる。

結婚という関係は、思っているよりも強固だった。

特に、外からどう見られるかという点で、不便を解消してくれる。

本人たち同士はよくても、やはり年の差や様々な不釣り合いは、あまりいい印象を与えないものだ。

けれど結婚していると、一部の妬み以外では、不審な目を向けられることがなくなる。

そんなふうに幸せな生活を送っているわけだが、もちろん一番のお楽しみは夜だ。

元々その気質があったのか……あるいは初体験のきっかけが脅迫だったため、性癖がゆがんでしまったのか。

今はもう無理に迫るような関係ではないものの、莉子は時折Mっ気を見せることがあるのだった。

以前露出をさせたときも喜んでいるようだったし、様々な場面で、そんな性癖を垣間見ることができる。

そういうこともあって、今日は拘束プレイにチャレンジしていた。

彼女の腕を頭の後ろに回し、おっぱいを強調させるように縄を通していく。

莉子の白い肌に、細めの縄が巻きつけられていった。

「しかし、莉子はエロい下着を着けているな」

「んぅっ……だって哲さん、こういうの好きでしょう？」

すっかりドスケベなメスの顔で、莉子が微笑む。

「ああ、大好きだな。エロい下着も、それを身につけて俺を誘ってくる莉子も」

「んっ……」

大事な部分に布のない、エロいことのためだけの下着を身につけた莉子。

せっかくなのでそのエロショーツは脱がさずに、縄を巻きつけていった。

「ん、う、あぁ……哲さんの目つき、すっごくえっちですっ♥」

「そう言ってる莉子も、かなりエロい顔になってるけどな」

「だって……あんっ♥」

強引に足を広げられた莉子が、甘い声を漏らした。

「あ、あふっ……♥」

縛られているから大切なところを隠すこともできない状態でも、莉子はこちらを見てうっとりと微笑んでいた。

拘束されているというのに、その花弁は期待に蜜を溢れさせている。

「ほんとに、エロい格好だな……」

「そんな、んっ……♥」

あらためて見ると、すごく卑猥な姿だ。

強調されたおっぱいは丸出しで、彼女の身じろぎや呼吸に合わせて、柔らかそうに揺れている。

足は大きく広げられており、下着も穴あきだから、はしたなく蜜を溢れさせるおまんこが見えてしまっている。

そして彼女の表情も、この拘束に興奮しているのが伝わってくるエロいものだ。

昼間は清楚で貞淑な若妻なのに、今は縛られてこんなにもドスケベなメスになってしまっている。

そのギャップは、やはりいつになってもいいものだ。

そんな彼女が妻であるということに、俺はたぎるのだった。

「んぁっ♥」

俺はまず、縛られて強調されているその巨乳へと手を伸ばしていく。

極上の乳房は、縛られることで柔らかさを増しているかのように、俺の指を包み込んでいく。

片手に収まりきるはずもないその爆乳の乳肉が、むにゅりと指の隙間から溢れてくるのが素晴らしい。

いつまでも触っていたい極上のおっぱいだ。

「あっ、ん、んぁっ……♥」

そんな双丘の頂点で、すでに感じて立ち上がっている乳首をいじると、莉子は艶めかしい声を漏らした。

いつも以上に敏感になっているようだ。

「抵抗できないのがそんなに好きなのか？」

いじわるに尋ねてみると、彼女は俺を見つめながら答えた。

「うぅ……でも、んっ、こんなふうにしたのは、哲さんなんですからぁっ……♥」

彼女はそう言うが、どうだろう。この様子だと、元々こういう願望があったところに、俺が上手くはまっただけという気もする。

まあ、それでもいい。

彼女のエロさを引き出せたのなら幸いだ。

俺はそのまま、莉子の爆乳を堪能していく。

「あふっ、んぁ♥　あっ……ふぅっ……」

彼女の甘やかな息づかいを感じながら、欲しがりなおっぱいを揉みしだき、乳首をくりくりといじっていく。

「ひっ、ん、うぁ……♥」

「エロい声がだだ漏れてるぞ、莉子」

「だってぇっ……♥　んぁ、哲さんが、いっぱい触ってくるから……」

これだけドスケベだというのに、指摘すると恥じらうようにするのはずるい。

いまだ初々しい莉子の仕草は、ますます俺をたぎらせていくのだった。

「あふっ、ん、あぁ……」

彼女は声をあげながら、快楽の波を逃がすかのように小さく身じろぎをする。

しかし縛られているため、ほとんど動けない。

それに大事なところは大胆にもさらされたままで、今も愛液を溢れさせながら俺を誘っていた。

「こっちが触ってほしそうにしてるな」

「ひゃううっ♥」

俺はそんなおまんこへと手を伸ばし、なで上げる。

蜜がくちゅりと音を立てたので、誘われた俺はそのままクリトリスへと触れる。

「んくぅっ♥　あ、んぁっ……！」

身動き出来ない莉子は、小さく身体を跳ねさせた。

敏感な淫芽をいじっていくと、素直に反応を返してくる。

「ひぁ、ん、あぁっ……！　哲さん、んぅっ」

「気持ちよさそうだな」

「あぅっ、は、はいっ。すごく、んぁっ！」

莉子は嬉しそうにそう言いながら、快楽に身を委ねている。

動けないからそうするしかないのだが、おそらく動けたとしても莉子の貪欲さは変わらないだろう。

「んぁ、あっ、あぁっ……」

俺はそのまま好き勝手にクリトリスをいじったり、膣内に指をいれたりして愛撫を続けていく。

「はぅっ、ん、あぁ……哲さん、んぅっ」

膣内に入れると、さっそく襞が指を締めつけてくる。

「あふっ、ん、あぁ……そこ、ん、あうぅっ」

くちゅくちゅという音を立てながら、彼女の蜜壷を掻き回した。

もちろん、クリトリスへの愛撫も忘れない。

「あっ♥ ん、哲さん、そんなに、んぁ、おまんこいじっちゃだめぇっ……♥ あふ、ん、あぁっ！」

彼女の嬌声が大きくなってきて、膣襞も震え、感じているのがわかる。

卑猥な水音を響かせ、その淫乱まんこを刺激していった。

「あぁっ！ 哲さん、私、んぁ、あっ、あふぅっ……！ そんなにされたら、んぁ、すぐイっちゃいますっ！」

「ああ、好きにイっていいんだぞ。遠慮するな」

そう言いながら、俺は膣内に指を抜き差しする速度をあげて、クリトリスをなで回してく。

「んはぁっ♥　あっ、だめ、もう、んぁ、あっ、あぁっ！　哲さん、あっ、指で、イっちゃ、イクッ、んうぅぅぅぅっ♥」

拘束中なのに器用に身体を跳ねさせて、何度もイったみたいだ。

「あっ、あぁ……♥」

膣内がきゅっと締まり、指を咥えこんでくる。

一段と狭くなった膣内から、俺は指を引き抜いた。

「んぁっ♥　あっ、あうっ、哲さん……♥」

俺の新妻が、達した直後の色っぽい顔で見上げてきた。

「どうした？」

俺が尋ねると、彼女は恥ずかしそうにしつつも素直におねだりをする。

「私のおまんこ、気持ちいいけど、まだ切なくて……。哲さんの固くなったそれ、挿れてください♥」

莉子はエロい表情で俺の股間を見てくる。

すっかり隠さなくなったドスケベなおねだりに、俺のモノは当然だと言わんばかりに反応してしまう。

すぐにでもぶち込みたいところだが……せっかくだし、少しだけ意地悪をすることにした。

「そうか？　莉子のここは、指でも十分気持ちよさそうだけど……」

もったいぶってそう言って、再び指でいじっていく。

「ひうっ、んぁ、あああっ♥」

イったばかりのおまんこは、指を十分に締めつけて蠢いていた。

「あっ、んぅっ、あふっ……ゆ、指も気持ちいいけど、あっ、んぁっ♥」

彼女は可愛い声を出しながら、身悶える。

絶頂の余韻の残るおまんこをくちゅくちゅといじられて、感じているのだろう。

「あ、んぁっ……でも、でもっ、んぅっ……」

莉子は切なそうな表情で俺を見つめる。

その顔に嗜虐心が刺激されるのと同時に、すぐにでも挿入したいという欲望が膨らんでいった。

「哲さんっ、んぅ、あぅっ……」

彼女は潤んだ瞳で俺を見つめると、たまらずはっきりとおねだりをしてきた。

「おちんちんっ、哲さんのおちんちんを、んぁっ♥　私のおまんこに挿れてくださいっ！

ん、うぁっ……」

彼女は縛られて大きく開かれたままになっているおまんこを、俺へと見せつけるように腰を上げる。

「哲さんのおちんぽを待っている、んぁ、ぐちょぐちょのお嫁さんまんこに、ガチガチのおちんちん挿れて、ズブズブしてくださいっ♥」

「あぁ……いいぞ、莉子。素敵だ」

そのあまりに淫らなおねだりに、俺は思わず見とれてしまう。

普段は穏やかで清楚な莉子が、大股開きでおまんこを見せつけながら、チンポを挿れてほしいとドスケベにお願いしてくるのだ。

理性なんてものはすぐになくなり、俺は焦らすのを諦めて、肉棒を取り出す。

「あうっ……♥　哲さんの、すっごくたくましくて、んっ♥」

そそり勃つ肉棒を見て、うっとりとした声を出す。

俺は我慢できず、そのまま莉子のおまんこに一気に挿入していった。

「んはぁぁぁっ♥　あっ、あうっ♥」

突然の挿入に感極まる莉子だが、もうすっかり準備のできていたおまんこは、余裕で肉棒を受け入れる。

スムーズに挿入できたものの、一度入ると膣襞がきゅっと絡みついてきて、肉竿を押し止めるように刺激してくる。

「うっ、すごいな……こんなになってたか」

「あぁっ♥ 哲さんのおちんちん、んぅっ、太いのが、入ってきてる……♥」

嬉しそうに呟き、今度は意識的にきゅっと膣を締めてきた。

「おぅっ……莉子……」

「私のおまんこでいっぱい気持ちよくなってくださいね♥ んっ」

彼女はそう言いながら、小さく腰を揺らす。

そのお誘いはあまりにエロく、俺の欲望が一瞬で燃えたぎってしまう。

その欲望に身を任せ、大きく腰を振り始めた。

「んはぁっ♥ あっ、ああっ……おちんちん、私の中、んぁっ、いっぱいずぽずぽしてくれてて、んぅっ♥」

縛られたままの彼女は俺のピストンを受け入れることしかできず、つややかな声を上げていく。

「あふっ、ん、んぁっ♥ あうっ、すごいの、奥まで、あっ、あぁっ……！」

嬌声をあげながら身もだえる莉子に、俺は力強く抽送を行っていった。

「あふぅっ♥ んぁ、ああっ……」

「こんなふうに縛られて、抵抗できずに犯されても、莉子はしっかり感じてるんだな」

「あぅっ♥　だ、だって哲さんのおちんぽ、気持ちよくて、んぁっ！　私のおまんこ、いっぱいこすってきて、んぅっ！」

「ああ。莉子の中は、もうすっかり俺の形になってるな」

絡みつく襞をかき分け、そのキツい膣道をこすり上げていく。

「んはっ♥　あっ、あぅっ……。はい！　私のおまんこ、哲さんの形にされちゃってるんです……。哲さん専用の、ドスケベまんこになっちゃってますっ♥」

「う、あぁ……それ、ぐっ……」

自らドスケベを宣言してさらに感じているのか、膣内の締めつけが一層強くなる。

膣道が俺のペニスのくびれに合わせて絡みつき、しっかりと締め上げてきた。

「んぁっ♥　あっ、哲さん、んぅっ、あふっ……♥」

「ぐ、そんなにぴったり締めつけられると……」

激しい愛撫を繰り返す膣襞に、すぐに射精感がこみ上げてきてしまう。

ひとりだけでイクわけにもいかず、俺は莉子の奥までをしっかりと突いていった。

たぎった肉棒の先端が、彼女の最奥である子宮口にぐにっと突き当たる。

「んくうぅぅぅっ♥　あ、あぁっ、そこっ！　私の、一番奥っ、んぅっ、赤ちゃんの部屋の入り口、おちんぽにノックされちゃってる♥」

彼女は嬌声をあげながら、快楽に身もだえている。

その興奮は膣内にも現れ、蠢く膣襞が貪欲に肉棒をくわえ込み、さらなる快楽を求めてきていた。

「あふっ、んんぁ、ああっ♥ んぉっ♥ おうっ……おちんちんに、んんぁ、子宮口突かれて、んんぁ、ああっ♥」

「う、莉子、そんなに咥えこまれると、ぐぉっ……」

突かれて感じているのか、彼女の子宮口がくぽりと亀頭を咥えて吸いついてくる。

その気持ちよさに、精液が急速に上ってくるのを感じた。

「あふっ♥ んんぁ、おちんぽ、膨らんでるっ……んんぁ、ああっ！ 哲さん、んんぁ、来てっ、そのまま、んぅっ♥」

「ああ……このまま中でっ……」

俺はピストンを速め、貪欲なおまんこをかき回し、襞をかき分けながら子宮口に荒々しくキスをする。

「んはぁぁあっ♥ あっ、あぁっ！ 哲さん！ 孕みたがりのお嫁さんまんこに、んはぁあっ♥ いっぱい♥ いっぱい、種付けしてぇっ♥」

「ああ、出すぞっ！」

彼女の甘いおねだりを受けて、精液が発射寸前となる。

俺は思いきりその膣奥へと肉棒を差し込んで、蜜壺をかき回していく。

「ひうっ♥　あっあっ♥　イクッ！　おちんぽで奥まで突かれて、私の全部、気持ちよくされてイっちゃう♥」

「う、莉子、いくぞっ！」

「はいっ♥　哲さんのせーえきで、私の中、いっぱいにしてくださいっ♥　旦那様の種付けセックスでっ♥　んぁ、あっ、んはぁぁっ！　イクッ、イクイクッ♥　イックウウゥゥウゥッ！」

　どびゅっ、びゅくっ、びゅるるるるっ！

「んくううぅぅぅぅっ♥」

　俺は彼女のおまんこを奥まで貫いて、思いきり射精した。

「ひゃうっ♥　あっ、すごい、んぅっ！　熱いせーえき、子宮に直接ビュルビュル出されてるのぉ♥」

「う、あぁ、莉子、うっ……」

　子宮口への直射の中出しを受けたおまんこが、余さず精液を搾り取ろうと蠢いて肉棒を締め上げてくる。

　その絶頂締めつけで俺のペニスはきゅうきゅうと絞られて、しっかりと精液を吸い上げられていった。

「あっ……♥　ん、あうっ……。お腹の中、すごいです♥　哲さんの精液が、しっかり届いてるのがわかります……」

「あぁ……どくどく出てるよ」

莉子は縛られたまま、うっとりと妖艶な笑みを浮かべる。

「哲さん、大好きです」

「ああ、俺もだ」

「んっ♥」

俺は彼女にキスをしながら、肉棒を引き抜いていく。

「あふぅっ……♥」

まだ絶頂の余韻が抜けずに、莉子は縛られたまま、なまめかしい吐息を漏らしていた。

俺はそんな彼女をじっと眺める。

ベッド上で縛られ、あまりにエロい格好の莉子。

見た目だけなら、最初の頃よりもひどいことをされているようではある。しかし今の莉子は、幸せそうにドスケベな表情を浮かべている、俺のお嫁さんだ。

「ね、哲さん……」

彼女は俺を見上げると、先ほどかき回されたばかりのおまんこを、くいっと上げる。

エロ行為への期待感をありありと出したままだ。

少しわざとらしくも、こちらを煽るように言ってくる。

「それでおしまいですか？　縛られて動けない私を、んぅっ、一回犯したくらいで満足なんですか？」

「莉子……？」

どうやら彼女は、もっと激しくされたいらしい。

縛られて喜ぶことといい、本当にエロエロになってしまったみたいだ。

もちろん、俺としては大歓迎だろう。

「そんな生意気なことを言えなくなるくらい、子宮までしっかり犯して、種付けしてやるからな」

「はいっ♥　できるものなら、やってみてくださいっ♥」

挑発するようなことを言いながら、明らかに喜んでいる莉子に、俺は覆い被さる。

「そんなこと言うと、本当に手加減しないからな」

「んぁっ♥」

俺が宣言するだけで甘い声を上げた彼女のおまんこに、復活した肉棒を容赦なくぶち込む。

「んあぁぁぁぁっ♥」

一気に奥まで挿入されて嬌声をあげた彼女を、そのまま何度も犯していった。

翌日に足腰立たなくなったってかまわない。

俺たちは、暑い夜を過ごしていく。

「んはぁっ♥　あっ、んぅっ、ずっと一緒ですよ、哲さん。約束です」

「ああ。莉子が俺から離れられないようにしてやるさ」

「んぁっ、あうっ……そんなの、とっくになっちゃってますけどね♥」

嬉しそうに微笑む愛妻を見て、俺の心が打ち震える。

これからもきっと、こんな日々がずっと続いていくのだ。

ずっと、ずっと。もう失うことはない。

そんな幸せを感じながら、俺たちの夜はふけていくのだった。

あとがき

みなさま、ごきげんよう。愛内なのです。

今回は、真面目でおとなしい年下美少女との現代ものです。清楚な美少女に、最初はかなり強引に迫るものの、だんだんと彼女もえっちにハマっていって……というお話です。

おとなしい女の子に強引さを怒られるのも、清楚な彼女がどんどん乱れていくというのも、どちらもそのギャップがいいですよね！


挿絵の「鎖ノム」さん。ご協力、本当にありがとうございます。

ヒロインの莉子をとても魅力的に描いていただけて嬉しいです。

特に初体験ときの、慣れない中で強引にされてしまっているイラストの、乱れ髪やヒロインの表情がとても素敵です！

またぜひ、機会がありましたら、よろしくお願いいたします！


それでは、次回も、もっとエッチにがんばりますので、別作品でまたお会いいたしましょう。バイバイ！

２０２０年６月　愛内なの

ぷちぱら文庫 Creative

アラサー店長と学生バイトの秘密体験

～スキ見せ優等生の処女を貰ったらなつかれました～

2020年 7月29日　初版第1刷 発行

■著　　者　　愛内なの
■イラスト　　鎖ノム

発行人：久保田裕
発行元：株式会社パラダイム
〒166-0004
東京都杉並区阿佐谷南1-36-4
三幸ビル4A
TEL 03-5306-6921
印刷所：中央精版印刷株式会社

PPC241